中国古典诗词精品赏读

李白

汪艳菊 编著

五洲传播出版社

图书在版编目（CIP）数据

中国古典诗词精品赏读丛书. 李白 / 汪艳菊著. -- 北京：五洲传播出版社，2023.1

ISBN 978-7-5085-4966-8

Ⅰ. ①中… Ⅱ. ①汪… Ⅲ. ①李白（701-762）－古典诗歌－诗歌欣赏 Ⅳ. ① I207.2

中国版本图书馆 CIP 数据核字(2022)第 227209 号

编　　著：汪艳菊
图片编审：迟乃义
责任编辑：黄金敏
装帧设计：宁成春

中国古典诗词精品赏读丛书

李白

出版发行：五洲传播出版社
地　　址：北京市海淀区北三环中路 31 号生产力大楼 B 座 6 层
邮　　编：100088
发行电话：010-82005927　010-82007837
网　　址：http://www.cicc.org.cn　http://www.thatsbooks.com
印　　刷：北京市房山腾龙印刷厂
版　　次：2023 年 1 月第 1 版第 1 次印刷
开　　本：720 × 965 mm　1/16
印　　张：9.75
字　　数：70 千字
定　　价：56.00 元

编 者 的 话

中国在历史上是一个“诗歌的国度”，古典诗词是中国传统文化的奇葩。早在三千年前，我们的祖先就创作出了以“诗三百”为代表的优秀诗篇；此后每个历史年代，诗歌创作都结出丰硕的成果，其中不少名篇名句，脍炙人口，传诵至今。这套“中国古典诗词精品赏读”书系，选取了历史上最具代表性的诗人、词人的优秀作品，并加以详尽通俗的译注、评解，试图由此将古代中国人创造的最可珍贵的文化瑰宝介绍给当代海内外读者。

以“国风”为代表的《诗经》和以《离骚》为代表的楚辞，无论在思想内容还是在艺术手法上，都对中国后世诗坛产生了深远影响。中国诗歌至唐代达到高峰，呈现出后人所称誉的“盛唐气象”和“少年精神”；而从李白、杜甫等诗人身上，从他们留下的诗歌中，不难看出“风”“骚”以来优秀传统的回响。他们都有强烈的现实关怀，关注国家、社会、民众等问题；而这种主题，往往是诗人通过自己的人生境遇和心灵历程去感悟，通过描绘自然界山川万物、人间世事民情来体现的。在唐诗的辉煌之后发展起来的宋代诗歌，成就也相当高，但最能表现此年代文学特殊成就的是词。宋代优秀的词家把这种长短句诗体运用到出神入化的地步，那或慷慨激昂、或委婉凄清的词作，今天读来仍有强烈的艺术感染力。可以说，唐诗宋词是中国文学史上最有神采的篇章。本书系首先介绍的八位诗人，唐代的李白、杜甫、王维、白居易、李商隐，宋代的苏轼、李清照、辛弃疾，是中国诗歌史上耀眼的星座。

中国古典诗词注重抒情、写景，善于表现友情、亲情、爱情、乡情，以及其他各种复杂细微的个人情感。这形成中国诗歌又一个强大的传统。在儒家思想影响下，中国诗歌几乎从一开始就具有“发乎情，止乎礼义”的特点，情感的表达比较克制、内敛、含蓄，有别于西方的诗歌风格。与此同时，中国诗人们又强调“含不尽之意见于言外”，善于通过各种艺术手法传达言外之意，给读者以无穷的回味、想象空间。古代诗词中的优秀之作往往写得深情婉转，富于形象性和音乐性，诵读这些诗词，可以受到多层次的艺术感染和美的熏陶。古典诗词还善于表现自然之美及人与自然的融合，古人常说“诗中有画，画中有诗”。本书系中的每首作品，都配以当代画家根据诗词意境绘制的中国画。通过欣赏这些诗、画，可以更深刻地领悟到中国古代艺术作品中的诗情画意，品味其艺术之美。

除了“诗情画意”的特色外，本书系以各位诗人、词人单独成册，以更清楚地展示其不同的个性和艺术风格；各分册包括诗人小传与作品赏析两部分。对每篇作品的赏析，又分为题解、句解、评解三个章节：题解交代创作背景；句解用现代语文对诗词进行逐句意译，对某些难懂的字词作注释；评解部分则提要钩玄，对作品特色进行点评。我们的本意，首先是帮助读者减少阅读中的文字障碍，继而是理解诗词的思想内容、艺术特色和写作技巧。

中国古代经典诗篇把汉语升华到至美至纯的境界，足以使每个中国人感到自豪。这些作品是联接所有炎黄子孙思想、情感的文化纽带，无论身在国内，还是身在海外，优秀的诗歌对读者的感召力都是相通的。一个喜爱祖国传统文化的人，可能会不断地接触和学习祖先的这些遗产。久而久之，这些优秀文化中的一部分会积淀下来，构成每个人头脑中一道美丽的艺术长廊，不断给人以教益、激励和艺术享受。我们期望，本书系所介绍的诗词名篇能够成为这道艺术长廊的组成部分。

本书系所介绍的八位诗人，都各有很多传世名篇，限于篇幅，书中每人只选取了二三十首代表作品。限于编辑水平，书中会有种种不尽人意之处，敬请读者朋友提出宝贵意见。

目录

李 白 简 介

李白的诗，传诵千古。他的家世和出生地，还是一个谜。

现在一般认为，李白生于唐长安元年（701），卒于宝应元年（762）。关于他的出生地，一说生于蜀中（今四川江油市青莲乡）；一说生于中亚碎叶（今吉尔吉斯斯坦境内）。尽管尚有争论，但可以肯定的是，他从五岁到二十五岁期间，一直生活在蜀中。说他的故乡是四川，是没有问题的。

李白的父亲没有做过官，可能是一个富商。李白从小就受到良好的教育。他说："五岁诵六甲，十岁观百家。""六甲"是计算年月日的六十甲子，也用于小孩识字。"百家"是诸子百家的各类杂书。从李白诗文中所引词章典故来看，他读的书的确是很多的。

在读书之外，李白还学习剑术，大概水平还不错。他的一位朋友魏万曾说他"少任侠，手刃数人"。后来漫游时，李白可能常常佩剑在身，同为"饮中八仙"之一的崔宗之就说他"袖有匕首剑"。

大约十八岁时，李白在家乡附近的大匡山，跟随一位名叫赵蕤的隐士读书学习。赵著有《长短经》一书，主要论述王霸之道，研究帝王统治之术。在将近两年的时间里，李白与山林禽鸟相亲，没有下山进过城，后来他时而想过问政治，时而想隐退，多少受过赵蕤的影响。

二十岁时，李白出游成都，上过峨眉山、青城山，到过川东一带。巴山蜀水是他终生的记忆和财富，给了他创作的激情和灵感；故乡的月亮同样让他念念不忘。这些都是他诗歌中很重要的意象。

李白的整个青年时期，正是唐王朝的全盛期，即历史上所说的“开元盛世”。李白一生，对政治是有很大热情的，但他没有像大多数人那样走科举的道路，而是采取了另外一种也很时兴的方式，即漫游、干谒。在读万卷书、行万里路的同时，广泛结交朋友，拜访公卿名士，以提高声望，求得仕进。

大约在二十五岁那年，李白离开蜀地，开始了漫游生活。从此，他再也没有回到家乡。此后，但凡提到蜀地，他都有一种浓烈的故乡情怀。到了晚年，他更是思念不已，就像他在《宣城见杜鹃花》中所流露的：“蜀国曾闻子规鸟，宣城还见杜鹃花。一叫一回肠一断，三春三月忆三巴。”

李白由水路经巴渝，出三峡，游历了今湖北、湖南一带楚国故地。而后继续东游，到达今江苏南京、扬州，浙江绍兴等地。他一路游览山川奇景，写了不少好诗，大多自然清新，如童稚般脱俗与率真，可见其心怀之清朗，情感之澄明。这一时期，吴越民歌的风韵，给了他新的创作营养。

初次远游的李白，意气风发，广事交游，轻财好施，他后来说：“曩昔东游维扬，不逾一年，散金三十万，有落魄公子，悉皆济之。”

开元十五年（727），二十七岁的李白东游归来，至湖北安陆，入赘许府，妻子是唐高宗时的宰相许圉师的孙女。李白在这里住了大约十年。这一时期，他在《代寿山答孟少府移文》中，表达了自己的政治抱负与人生愿望：“申管晏之谈，谋帝王之术，奋其智能，愿为辅弼，使寰区大定，海县清一。事君之道成，荣亲之义毕，然后与陶朱（范蠡）、留侯（张良）浮五湖，戏沧洲。”

开元十八年（730），李白初入长安，寄居在城外的终南山中，想走一条由布衣而至卿相的“终南捷径”。他奔走于王公贵人之门，希望得到引荐，却四处碰壁。因交友不慎，他曾和一批市井少年浪游于长安。最后，李白不得不怏怏而去，沿黄河东下，先后漫游了洛阳、太原等地。

李白在安陆呆的日子并不很多，他常常以诗酒会友，在游襄阳（今湖北襄樊）时，结识了隐居在鹿门山中的孟浩然。更多时候，他四处游历，结交官员名流，时而上书自荐，时而赠诗抒怀，时而面见陈情，通过种种努力来展示自己的才情和政治抱负，但这一切的努力都没见效。这一时期的生活，李白自称为“酒隐安陆，蹉跎十年”，颇为恰当地概括了他的心境和处境。

十年漫游，李白感到了从政的艰难，体会到人生道路的坎坷。他写下了很多重要的作品，其中乐府歌行呈现出江潮汹涌之势。在很多诗篇中，他显得有些焦灼和烦闷，在对理想的憧憬中，伴有不安和茫然；在自信进取的豪情中，鼓荡着不平之气。

大概在三十七八岁时，不知由于什么原因，李白将家迁往山东。最常住的地方可能是任城（今山东济宁）。由于许氏夫人病逝，李白在这里与一位姓刘的妇人结了婚，后来又离异。在山东之初，他常与孔巢父等人相会于徂徕山，纵酒吟诗，人称“竹溪六逸”。

李白曾自述“我家寄东鲁”，寄了大约二十年。但他本人呆的时间不多，他是闲不住的，仍然到处去游历；所到之处，形诸吟咏，诗名远播。

天宝元年（742），玄宗皇帝下诏，命李白入京。李白时年四十二岁，初闻征召，喜出望外，他在《南陵别儿童入京》中说：“仰天大笑出门去，我辈岂是蓬蒿人！”

在朝中任职的名士贺知章一见到他，就说其诗“可以泣鬼神”；又读其《蜀道难》，呼为“谪仙人”。李白声名更是大振。当时玄宗对他也颇欣赏，召见于金銮殿，命待诏翰林。

李白风光了一阵子，自己也颇以为荣，他以为施展才能的机会来了。但他很快发现，所谓待诏翰林，实际上就是做个以文学词章而备顾问的侍从，一个皇帝的高级清客而已。玄宗只是让他侍宴陪酒，写些应酬歌颂文章，并没有重用他的意思。这与他的理想可谓大相径庭，于是渐渐流露出失望和厌倦情绪。他常和贺知章等人狂放纵酒，号称“饮中八仙”。后来杜甫曾这样说“李白斗酒诗百篇，长安市上酒家眠。天子呼来不上船，自称臣是酒中仙”。大概因为恃才傲物，李白得罪了一些权贵，遭到排挤和非议，渐渐被皇帝疏远。

李白自知不为朝廷所容，就在天宝三载（743）春，上书请求“还山”，玄宗以其“非廊庙器”，赐了些钱，把他打发走了。李白临行前后，赋诗多首，或怨愤不已，或恻怆难平；虽有诀别之辞，也有恋朝之情，其痛苦远甚于初入长安离京之时。

在长安呆了两年，李白置身于社会的最高层，经历了由大喜而大悲的重大转折，这不能不对他的心境与诗风产生重大影响。他先前作品中的亮色调已经有所减淡，开始变得郁怒，显得更为沉厚。他对现实的观察，虽不能说已深刻，但至少已有些厚重与苍劲。这一切预示了在以后的十年中，他风格的重大转变。

告别帝都之后，李白重又踏上漫游之路。途经洛阳时，认识了比他小十一岁的杜甫。后又与杜甫、高适一起畅游梁、宋一带。

从天宝三载到天宝十四载（755）安史之乱爆发，李白一直处于漂泊之中。

这就是史料所说的“十载漫游”，也就是李白自己所说的“一朝去京国，十载客梁园”。梁园即今河南开封。李白在这里最后一次结了婚，其夫人宗氏是武后朝的宰相宗楚客的孙女。李白的子女仍居东鲁。李白以这两地为依托，但都没有久住，他往南到过吴越，往北去过幽州，有不少地方，如金陵等地，则是旧地重游。他的漫游，一是求仙访道，一是寄情山水，此外也是寻求为国效力的机会。

与第一次漫游相比，李白这一时期的出世思想重了许多。他在离开京城的那一年，就在齐州（今山东济南）入了道籍，还炼丹烧药。但神仙不能解决他的问题，回东鲁旧居后不久，他大病了一场，当是身心交瘁所致。道教对他而言，更多的是失意之中的精神寄托。在他心里，隐与仕的矛盾时常交织着。

这一时期的李白，生活是窘困的，“归来无产业，生事如飘蓬”；心情也很悲愤，“摧残槛中虎，羁拽鞲上鹰”，但始终没有丧失他的乐观和自信，也没有放弃他的政治理想，他相信自己“才力犹可倚，不惭世上英”。他渴望有朝一日能够重新得到朝廷的任用。

在漫游当中，李白对社会现实有了进一步的认识。他对权奸擅权、朝政昏庸、国是日非深感忧虑和不安。表现在诗中，他已从基于一己的朦胧的焦躁不平，开始进入家国之忧的更开阔也较为沉厚的思索。

天宝十三载（754），李白在扬州与魏万（后来改名魏颢）相识。为了寻访李白，魏曾追寻数千里。李白似乎很欣赏他，将诗文交给魏万，请他日后编集作序。魏万考中进士后，将李白的诗文编成《李翰林集》，并撰写了序言。可惜这个集子如今已不存，留下来的只有魏万的那篇序言。

天宝十四载（755）十一月，安史之乱爆发，战火迅速蔓延及河北、河南。李白携宗氏夫人出逃南奔，开始往越中避难，不久即隐居于庐山。李白一路写了许多诗篇，表达了对乱军的痛恨，对国家和人民命运的担忧。

天宝十五载（756），玄宗奔蜀。太子李亨于七月在灵武即帝位，是为肃宗，改年号为至德。同年，唐肃宗的弟弟永王李璘以抗敌为号召，率军沿江东下，途经九江时，永王派人三次上山请李白入幕。李白出于报国立功的愿望，想趁机实现平生大志，于是应邀，谁知不幸从此随之而来。永王与肃宗发生矛盾，不久演变成为内战，永王兵败被杀。李白也因此获罪，被捕入狱。时为至德二年，李白在幕中不过一月有余。

在狱中，李白多次写信辩白，夫人宗氏也为他多方奔走，总算暂时获释。但不久，李白以“从璘附逆”罪再度入狱，被判流放夜郎（今贵州桐梓）。

至德二年（757）十二月，李白从浔阳出发，沿长江而上。这时他已经是五十八岁的老人了，报国无门，反而获罪，心情之悲苦可想而知。李白在途中苦熬了约一年，于肃宗乾元二年（759）春，行至四川奉节，朝廷因天旱而大赦天下，李白怀着“旷如鸟出笼”的喜悦，迫不及待地乘船东下。

李白东归后，来往于宣城、金陵等地之间。这时他虽预感到政治理想不可能实现了，但仍密切地关注着时局的发展。上元二年（761）秋，大将李光弼率兵出征东南，李白当时正在金陵，准备参军平叛。这时他已经六十一岁了。终因年老多病，不得不半途折回。诗人沉痛地慨叹道：“天夺壮士心，长吁别吴京。”

宝应元年（762），李白到安徽投靠当涂县令李阳冰。同年十一月，诗人在贫病交加中悲愤地与世长辞，享年六十二岁。死前有绝命诗《临路歌》一首，自比大鹏凌空，中天摧折，但仍相信他激起的余风足以流传万世。李白临终前托付李阳冰将其诗文整理编集并作序。

也就是这一年，玄宗、肃宗相继死去，新登基的代宗下诏任命李白为左拾遗。然而此时李白已不在人世。除“李翰林”外，李白因此还有一个别称“李拾遗”。

李白一生的最后几年，穷愁潦倒，生活十分凄凉。因从政而遭流放，是他一生中遭受的最惨痛的打击，也是他最痛苦的一个时期。他自己曾在流放途中说：“平生不下泪，于此泣无穷。”然而切莫以为诗人的晚境只是愁苦潦倒，至少他意气并未随不幸而衰竭。这一时期，是他五言大篇，尤其是“选体”五言创作最丰的时期。不仅篇制宏大，而且融入了他七古长篇的气势，或张扬军威，或鸣冤呼屈，或请命自述，或纪行感怀，都似挟雷霆，似裹风雨，成为诗歌史上的一种奇观。这一时期，他的七绝更进入了炉火纯青的化境。俊爽奇逸一如其前，同时寓精严于自在，信手拈来，功力尤深。

李白卒后，初葬龙山。元和十二年（817），也就是李白去世五十五年后，他好朋友范伦的儿子范传正来到宣州，寻访李白的后裔。李白的两个女儿告诉范传正，李白生前最喜爱谢朓常去的谢家青山，她们希望能把墓迁到那里去。范传正满足了李白生前的心愿，将墓由龙山东麓迁至青山之阳。龙山、青山都在淮南，具体为何处，现在仍有争议。范传正撰写了一篇《唐左拾遗翰林学士李公新墓碑》的铭文，随后他又重新收集李白遗稿，编成文集。遗憾的是，他编的文集以及魏万编的《李翰林集》、李阳冰编的《草堂集》都没能流传至今。

李白的诗文现存者有诗九百多首，文六十余篇。李白的诗歌是盛唐气象的典型代表。诗人终其一生，都在以天真的赤子之心讴歌理想的人生，无论何时何地，总以满腔热情去拥抱整个世界，追求充分地行事、立功和享受，对一切美的事物都有敏锐的感受，把握现实而又不满足于现实，投入生活的急流而又超越苦难的忧患，在高扬亢奋的精神状态中去实现自身的价值。如果说，理想色彩是盛唐一代诗风的主要特征，那么，李白是以更富于展望的理想歌唱走在了时代的前沿。

李白的诗歌充满热烈的人生之恋，他的诗往往于旷放中洋溢着童真般的情趣。李白对大自然有着强烈的感受力，他善于把自己的个性融化到自然景物中去，使他笔下的山水丘壑也无不具有理想化的色彩。

明代的王世贞在《艺苑卮言》中说李白的诗歌“以气为主，以自然为宗”。的确，在创作的过程中，诗人的感情往往如喷涌而出的洪流，不可遏止地滔滔奔泻，其间裹挟着强大的力量。因此，在诗体的选择上，他较少运用多有限制的律诗，而偏爱便于纵横驰骋、随意抒写的以乐府体为主的古诗，尤其是七言歌行。而且，这一类诗体在李白那里，比前人更为放纵自由。李白诗歌的语言风格，用他自己的诗句来说，是“清水出芙蓉，天然去雕饰”。

李白是盛世的歌手。他的诗歌以蓬勃的浪漫气质表现出无限生机，成为盛唐之音的杰出代表，从而出色地完成了初唐以来诗歌革新的历史使命。李白和杜甫，把中国诗歌艺术推向顶峰，给后世留下了宝贵的遗产。正如韩愈所说：“李杜文章在，光焰万丈长。”

峨眉山月歌

峨眉山月半轮秋，
影入平羌江水流。
夜发清溪向三峡，
思君不见下渝州。

【题 解】

盛唐时代，很多诗人都有一段漫游经历。在读万卷书、行万里路的同时，他们广泛结交朋友，拜访公卿名士，以提高声望，求得仕进。

唐开元十三年（725），李白二十五岁，他离开蜀地，开始了长期的漫游生活。《峨眉山月歌》就是他初离蜀地时的作品。峨眉山离成都不远，早在几年前，李白就已游过。他在《登峨眉山》一诗中说：“蜀国多仙山，峨眉邈难匹。”意思是说，蜀地仙山众多，峨眉山渺邈绵远，非其他山所能比。

峨眉山月歌 诗意图 陈惠冠 绘

句解

峨眉山月半轮秋

出行途中的一个夜晚，诗人抬头远望峨眉山，只见半轮秋月悬挂在明净的夜空。月光静静地洒在山间，峨眉山仿佛已经入睡。在群山浓黑剪影的衬托下，夜空是那样的明澈，月色是那样的皎洁。月只“半轮”，从月相上看，应是上弦或下弦月，时当农历初七、初八或二十一二日前后。如果按正常语序，这一句应当是“半轮山月峨眉秋”，但这样既不合平仄，又太平常。把“半轮”与“秋”连在一起，有一种深远的意境，仿佛带着几分凉意，有秋也残缺之感，透出些许惆怅，然而又只轻轻带过，不见得沉重。

影入平羌江水流

诗人的目光从天上、山间回到身边，只见月亮的影子倒映在平羌江水中。一江清水，载着一轮明月，平缓而安静地流动着。月光如水，水流月走，这是静美的，却又具有流动的神韵。我们知道，只有观者顺流而下，才会看到影随水流的妙景，所以此句还暗点秋夜行船之事。“平羌”，江水名，今四川省青衣江，流经峨眉山附近。

苏轼在《送张嘉州》一诗中说：“峨眉山月半轮秋，影入平羌江水流。谪仙此语谁解道？请君见月时登楼。”诗的前两句就直接引自李白这首诗。苏轼从小生活在峨眉山和青衣江附近，显然，李白的《峨眉山月歌》勾起了他关于家乡的记忆。因此，“谪仙此语”大概是他最能解了。

夜发清溪向三峡

在天上月光和水中月影的陪伴下，诗人从清溪驿乘船出发，向三峡顺流而去。所谓“清溪”，即清溪驿，在青衣江上，今四川犍为县峨眉山附近。据记载，杜甫、岑参、苏轼、陆游等都到过清溪驿，并留下一些诗篇和游踪佳话。

不知诗人此行是否孤身一人，我们只看到，夜色蒙蒙，江水淙淙，一叶轻舟顺流而下，这仿佛是一个无声的世界，但并不孤寂。诗人似乎不是在远行，而是在以一种诗意的心情欣赏这美景。

思君不见下渝州

诗人渐渐远去，沿岸山重水复，月亮或隐或现，最后终于退出了他的视线。诗人充满了对家乡的惜别之情。他说：思念着你啊，却见不到你，就这样我顺流而下到渝州（今重庆一带）。在前行的途中，当然还会有月相伴，但峨眉山不可见，平羌江不可睹，昨夜之月已非今夜之月，他乡之月亦非家乡之月。

“君”，一说指峨眉山月，一说指作者的友人。前说更可取。对峨眉山月的思念，也就是对家乡的思念；把月亮当作人和他告别，故乡就成了活生生的有感情的对象。

李白生性喜爱明月，留下了许多与月有关的诗篇。峨眉山月，是家乡的月，在游子远行时最易拨动心弦。李白也许没想到，他这一走，就再没能回来。晚年时，一位四川和尚要去长安，李白作了一首送行诗：“我在巴东三峡时，西看明月忆峨眉。月出峨眉照沧海，与人万里长相随。”（《峨眉山月歌送蜀僧晏入中京》）诗末又说：“一振高名满京都，归时还弄峨眉月。”意思是劝蜀僧晏到长安以后，不要贪恋虚荣，还是早返故乡为好。至老还惦记着峨眉月，这不仅是对月的喜爱，更是对故乡的眷恋。

评解

峨眉山的秋夜清辉、平羌江的月影流水、从清溪向三峡的轻舟夜行，宛如画境，给人一种宁静之美，一种依依惜别的无限情思，可谓语短情长。虽然是惜别，诗人的心境却是明朗与轻快的。乾隆皇帝叹曰：但见其工，则妙处不传。意思是只觉得读起来妙不可言，但真的好在哪里，难以捉摸。

一般来说，短小的绝句在表现时空变化上颇受限制，而此诗却达到了驰骋自由的境地，兼有写景、纪行、抒情。前人评价颇高，谓其五用地名，“而天巧浑成，毫无痕迹，故是千秋绝调”。试将前二句中地名略去，成为“山月半轮秋，影入江水流”，就失去了原诗的特殊情景和韵味，流于一般化，诗人的行踪和当时所思所感也无从得知。明朝文学大家王世贞说：“使后人为之，不胜痕迹矣。益见此老炉锤之妙。”其实，李白那时才二十多岁。

渡荆门送别

渡远荆门外，来从楚国游。

山随平野尽，江入大荒流。

月下飞天镜，云生结海楼。

仍怜故乡水，万里送行舟。

【题 解】

李白出蜀漫游，由水路经巴渝，出三峡，首先游历了今湖北、湖南一带楚国故地。这首诗就是他于开元十三年（725）出蜀至荆门时所作。

荆门，即荆门山，位于今湖北宜都县西北，长江南岸，与北岸虎牙山隔江对峙。“荆门椠峙虎牙攒，江流到此急一束”，峡门上合下开，犹如束紧的袋子口，夹岸峭壁千寻，峥嵘突兀，状如虎齿，形成一扇壮丽的门阙，故得名“荆门”。荆门山“上收蜀道三千之雄，下锁荆襄一方之局”，“扼巴蜀咽喉，为荆楚门户”，故称为“楚之西塞”。

渡荆门送别 诗意图　戴敦邦 绘

句解

渡远荆门外，来从楚国游

诗人从荆门之外的蜀地，乘船远来，准备到楚国故地漫游。当他到达荆门时，无论是从距离、时间，还是心理上讲，都已远离家乡。故谓“渡远”。“远”，远自。“来从”，来向。后来，诗人在描述这次出游时，说“仗剑去国，辞亲远游”，可谓情绪昂扬。这里我们亦不难感觉到他的勃勃兴致。

山随平野尽，江入大荒流

船出荆门后，诗人看到：两岸青山随着低平原野的出现而逐渐消失，江水仿佛流入无边的原野，水天辽阔，不知所止。李白自川江而下，一路上虽然景色不断变换，但两岸群山连绵不绝，阻挡了视线。尤其是三峡，峡高谷深，水流随山势迂回曲折，大有“山塞疑无路，湾回别有天”之势。长江自三峡的瓶口——南津关奔涌而出后，再也没有高峡深谷的阻挡。往下约三公里处，江面由三百米左右猛然展宽到两千多米。但两岸山势未尽，直到出荆门后，才进入平野无垠水天一线的中下游平原。

看惯了蜀中的高山丘陵、峡谷深水，突见江汉平原的壮阔之景，每个人都会有豁然开朗、“极目楚天舒”的感觉。而李白仅以区区十个字，就写出了奔放的气势、高远的境界。同样是蜀人的陈子昂，在《渡荆门望楚》诗中写道，“遥遥去巫峡，望望下章台。巴国山川尽，荆门烟树开。”陈诗虽清新雅健，但只是李白所谓“山无云霞，春无草树”般素朴之文，缺乏生气蓬勃的形象感。李诗则像一组电影画面，给人以流动感与空间感，将静止的山川摹状出活动的趋向来，给江山注入了生命与活力。

有人把李白的这两句诗与杜甫的“星垂平野阔，月涌大江流”（《旅夜书怀》）相比较，认为杜诗更有骨力。有一种意见倒是比较客观：“李是昼景，杜是夜景；李是行舟暂视，杜是停舟细观，未可概论。”

有人又把王维“江流天地外，山色有无中”（《汉江临眺》）与李白的这两句诗并提，笼统地称之为“盛唐气象”。当然，二者还是各有其趣，各极其妙：王诗以其朦胧含蓄之美，给人一种空旷的感觉，诗人的心境是闲淡的、沉静的；李诗则爽朗明快，气势磅礴。

月下飞天镜，云生结海楼

月亮在江中投下倒影，好像是天上飞来一面明镜；云霞聚集变幻，仿佛形成海市蜃楼。这是不同时候看到的楚天景色：一为柔美的江上夜景，一为奇妙的天上幻景。水中月明如镜，反衬江水之平静；天上云霞形成海市蜃楼，可见江岸之辽阔、天空之高远。

所谓“海楼”，即海市蜃楼。在平静无风的海面、江面上，有时能看到集市、山峰、楼台、亭阁等出现在远方空中。古人不明白产生这种景象的原因，认为是海中蛟龙（即蜃）吐出的气结成的，因而又叫蜃景。其实这是当气温变化及大气密度出现异常时，光线在大气中发生剧烈的反常折射后形成。在沙漠等一些地方也能出现。行人看到远处物体的倒影，仿佛是从水面反射出来的一样，以为前方有水源，但总是可望而不可及。

诗人以超乎常人的想象，构造出瑰丽神奇的世界，描绘出楚天景色的辽阔壮美。在他笔下，月亮是会飞的。《古朗月行》云：“小时不识月，呼作白玉盘。又疑瑶台镜，飞在青云端。”现在，那飞上云端的瑶台镜又从天上飞了下来，落在诗人眼前的大江波心。

仍怜故乡水，万里送行舟

就在诗人欣赏荆楚大地风光时，不知怎的，那无语东流的长江水，触发了他的思乡情怀。我们仿佛听到他在喃喃自语：我还是爱恋这来自故乡的水，它陪伴着远行的船只，不远万里，一路相送。尽管诗人意气风发，志在四方，但他从五岁起就一直生活在四川，对蜀中山水怀有深挚的感情，初次远离，怎能不无限留恋？但诗人不说自己对家乡如何思念，却说故乡水对自己殷勤呵护，不忍分别，看似无情，实乃深情，显得特别深婉有致。王夫之在《唐诗评选》中说这两句“得象外于圜中，飘然思不穷（群），唯此当之。”意思是言有尽而意无穷，诗思不凡。

评解

诗以浓浓的怀念惜别之情结尾，丝毫没有送别诗所惯有的离情别绪。甚至读完了全诗，对于到底是谁走谁送，还浑然不觉，可是诗题却又分明写着“送别”二字。对此，历来解释不一：一说江水送自己离别蜀中，一说赠给送别的友人。清人沈德潜认为“诗中无送别意，题中二字可删”。如果不拘泥于“送别”二字的一般用法，把它理解为故乡水给诗人送别，倒是更有情趣。这对于“飘然思不群”的李白来说，也是极有可能的。

长干行

妾发初覆额，折花门前剧。
郎骑竹马来，绕床弄青梅。
同居长干里，两小无嫌猜。
十四为君妇，羞颜未尝开。
低头向暗壁，千唤不一回。
十五始展眉，愿同尘与灰。
常存抱柱信，岂上望夫台。
十六君远行，瞿塘滟滪堆。
五月不可触，猿声天上哀。
门前迟行迹，一一生绿苔。
苔深不能扫，落叶秋风早。
八月蝴蝶黄，双飞西园草。
感此伤妾心，坐愁红颜老。
早晚下三巴，预将书报家。
相迎不道远，直至长风沙。

长干行 诗意图　萧惠珠 绘

【题解】

李白在游历楚国故地后，继续东游，到达今江苏南京、扬州，浙江绍兴等地。南京曾是六朝古都，号称“江南佳丽地，金陵帝王州”。城内秦淮河两岸，东吴以来一直是繁华的商业区和居民地。一些商人外出经商，常常数年不归，留下妻子在家望眼欲穿。我们不知道李白是否认识一些商妇，但一定听说过她们的故事。

“长干行”，属六朝乐府杂曲歌辞。“长干”，即长干里，今南京秦淮河南的一条里巷，此名仍存。“行”，歌行，古诗的一种体裁。此诗借鉴了六朝民歌的一些表现方法，以商妇的爱情和离别为题材，用女子自述的口吻写出，在叙述欢乐往事及离愁别绪中，倾诉对远方丈夫的思念。

句解

妾发初覆额，折花门前剧。郎骑竹马来，绕床弄青梅。同居长干里，两小无嫌猜

这是长干女在自叙往事，纯真欢乐的儿时生活，似乎就发生在昨天，一点一滴都让她沉醉甜蜜。她说：我刘海初盖额头的时候，常常在门前采些花花草草游玩；你骑着“马儿”，其实就是一根竹竿，来找我玩；我们绕着院子中的井栏，耍弄青梅，追逐嬉戏；我们两个是邻居，都住在长干里，从小就无拘无束，不避嫌疑。

诗人淡淡几笔，就把一对小儿女情窦未开、天真无邪的情态写得惟妙惟肖，触动读者记忆，让人心领神会。

“剧”，游戏。“竹马”，就是将竹竿当作马骑，小孩常玩的一种游戏。成语“青梅竹马”、“两小无猜”，即出自此。“床”，在古代有卧具、坐具、井栏多种意思，这里取“井栏”之说。

十四为君妇，羞颜未尝开。低头向暗壁，千唤不一回

比邻而居的一对小儿女慢慢长大了，幸运的是，他们成了夫妻。尽管丈夫是儿时的玩伴，但突然开始的婚姻生活，对于还是少女的女主人公来说，显然缺少心理准备，因而有些无所适从。所以长干女说：十四岁时嫁给你作妻子，那时我还羞涩难为情，无限心思，不大在颜面上表现出来；低着头对着墙壁暗处，任你一再呼唤，也不把头回。

诗人以极细腻的笔触描写初婚时的情景，勾画出一个特定年龄的新婚女子的心理状态。正是这样的不谙世事，让我们体会到一种单纯、透明的美。

十五始展眉，愿同尘与灰。常存抱柱信，岂上望夫台

羞涩总是短暂的，不久，长干女就感受到了爱情的幸福。她说：十五岁，我变得大方了，常常笑逐颜开，情感心思在眉眼间流露出来，誓愿两人即便如尘灰，也要同甘共苦，永不分离；我时常所想的，是像尾生那样坚守信约，两人恩爱不分，怎么会登上望夫台，去盼望丈夫来归？

一年来，由脉脉含情到炽烈爱恋，由含而不露到信誓旦旦，小两口儿如胶似漆，过着和美的夫妻生活。他们海誓山盟，忠贞不二，永不分离。这使她对未来生活和爱情充满了幻想与希望，她相信自己不会像那些不幸的女子，因为丈夫的远行而独守空房。

这两句用了两个典故。“抱柱信”，典出《庄子·盗跖篇》：尾生与一女子相约在桥下相会，尾生先到，女子未来，忽然水涨，尾生抱着桥柱继续等候，以免失信，结果被水淹死。后人因此称守信约为抱柱信。关于望夫台的传说，中国各地有很多，或作望夫山、望夫石，内容大致类似。一般都是说丈夫出门在外，长年不归，妻子站在山上，长久眺望，化作山石。

十六君远行，瞿塘滟滪堆。五月不可触，猿声天上哀

幸福生活刚刚开始，丈夫却要出门远行了。长干女说：我十六岁时，你离家远行，途中经过瞿塘峡滟滪堆；五月间水涨浪急，堆石隐没，千万触不得；一路上，两岸猿猴哀啼，声声阵阵，如在天上，更加让人心惊胆寒。

这几句是写长干女对丈夫的忧心牵挂，途中经历，既是她的想象，又是实情。自长江入蜀，要经过不少急流险滩，其中三峡之一的瞿塘峡，古时峡口有一块巨大的礁石，名滟滪堆。水浅时，突出江面，水面变窄；水大时，没入江中，行船十分不易，常有触礁沉没者。有民谣说：“滟滪大如马，瞿塘不可下。滟滪大如鳖，瞿塘行舟绝。滟滪大如龟，瞿塘不可窥。”

古人游历三峡的作品中，多写到猿。旧时，三峡沿岸多猿，啸声凄厉，牵人愁思。古乐府有云：“巴东三峡巫峡长，猿鸣三声泪沾裳；巴东三峡猿鸣悲，猿鸣三声泪沾衣。”《宜都山川记》曰：“自黄牛滩东入西陵界，至峡口一百许里，山水纡曲，林木高茂。猿鸣至清，山谷传响，泠泠不绝，行者闻之，莫不怀土。”

至此，行文有了波澜，基调不再欢悦，情绪不再平静，轻松抒情的气氛也

风云突变。在最初的担惊受怕之后，长干女陷入了思念与等待的日子。

门前迟行迹，一一生绿苔。苔深不能扫，落叶秋风早

丈夫走后，长干女常常倚门而望，她在门前等待徘徊的足迹，一一长满了青苔。苔痕深深，不可清扫。时间很快到了秋天，看落叶飘零，无声无息，无依无靠，她叹道：秋风来得真早啊。

“迟”，等待的意思。“迟行迹”，一作“旧行迹”。“生绿苔”，言其时间之久，盼归心切。那深深的青苔，并非不能扫，扫不去的是不绝的相思啊。落叶秋风，有萧瑟之感，对于离别伤怀的人来说，只能让他们更加觉得孤独与伤感。

八月蝴蝶黄，双飞西园草。感此伤妾心，坐愁红颜老

八月里，黄色蝴蝶翩翩飞舞，双双飞到西园草地上。看它们成双成对，自由自在，只能让我更加心伤。因为忧伤，我曾经美丽的容颜憔悴了，老了。长干女触景生情，满目皆悲，乃是不忍之孤独，不堪之别离，不尽之相思。说“老”，是因为等待的日子太漫长，正所谓别离使人痛，相思催人老。“坐”，是因为的意思。

早晚下三巴，预将书报家。相迎不道远，直至长风沙

长干女寄语远方亲人：无论什么时候，只要你从三巴回来，都请你事先捎个信来；我要去迎接你，再远我都不嫌远，一直到七百里外的长风沙。

“早晚”，或早或晚，即不管什么时候。其实长干女一心只盼望丈夫早归，怕就怕“晚”。之所以要远道去迎，不正是想早日见到丈夫吗？这是她在表明自己痴情守候的心迹，真是一往情深！

“三巴”，即巴郡、巴东、巴西，这里泛指蜀地。“不道远”，即不说远，也就是不辞远的意思。“长风沙”，地名，在今安徽省安庆市东长江边。陆游《入蜀记》说，自金陵（南京）至长风沙七百里。

评解

李白的《长干行》，借鉴了六朝民歌的一些手法，用年龄序数法和四季相思的格调，巧妙地把一些生活片断串联在一起，具有柔肠百折、委婉流丽、绵绵入微的韵味。《唐宋诗醇》赞曰：“儿女子情事，直从胸臆中流出。萦回曲折，一往情深。”明代文学家钟惺说：“古秀，真汉人乐府。”

金陵酒肆留别

风吹柳花满店香，
吴姬压酒唤客尝。
金陵子弟来相送，
欲行不行各尽觞。
请君试问东流水，
别意与之谁短长？

【题 解】

李白在出蜀当年的秋天，往游金陵，也就是今江苏南京，大约逗留了大半年时间。开元十四年（726）春，诗人赴扬州，临行之际，朋友在酒店为他饯行，李白留诗告别。

金陵酒肆留别 诗意图　萧惠珠 绘

句解

风吹柳花满店香，吴姬压酒唤客尝

和风吹着柳絮，酒店里溢满芳香；吴姬捧出新压的美酒，劝客品尝。“柳花”，说明时当暮春。“金陵”，点明地属江南。这是柳烟迷蒙、春风沉醉的江南三月，诗人一走进店里，沁人心脾的香气就扑面而来。这一“香”字，把店内店外连成一片。金陵古属吴地，遂称当地女子为“吴姬”，这里指酒家女。她满面春风，一边压酒（即压酒糟取酒汁），一边笑语殷勤地招呼客人。置身其间，真是如沐春风，令人陶醉，让人迷恋。

这两句写出了浓浓的江南味道，虽然未明写店外，而店外“杂花生树，群莺乱飞”，杨柳含烟的芳菲世界，已依稀可见。此时，无论是诗人还是读者，视觉、嗅觉、听觉全都调动起来了。如钟惺所说：“不须多亦不须深，写得情出。”诗中的“唤”字，在一些版本中又作“劝”。

“柳花”，即柳絮，本来是没有香的，但一些诗人却闻到了，如传奇“莫唱踏阳春，令人离肠结。郎行久不归，柳自飘香雪。”故明人杨升庵说：“其实柳花亦有微香，诗人之言非诬也；柳花之香，非太白不能道；竹之香，非子美不能道。”其实，对“满店香”的理解完全不必拘泥于此，那当是春风吹来的花香，是泥土草木的清香，是美酒飘香，大概还有“心香”，所谓心清闻妙香。

金陵子弟来相送，欲行不行各尽觞

金陵的一群年轻人来到这里，为诗人送行。饯行的酒啊，你斟我敬，将要走的和不走的，个个干杯畅饮。也有人认为，这是说相送者殷勤劝酒，不忍遽别；告别者要走又不想走，无限留恋，故“欲行不行”。

李白此行是去扬州。他后来在《上安州裴长史书》说：“曩昔东游维扬，不逾一年，散金三十余万，有落魄公子，悉皆济之。此则白之轻财好施也。”李白性格豪爽，喜好交游，当时既年轻富有，又仗义疏财，朋友自是不少。在金陵时也当如此。一帮朋友喝酒，话别，少年刚肠，兴致盎然，没有伤别之意，这也很符合年轻人的特点。“尽觞”，意思是喝干杯中酒。“觞”，酒器。

请君试问东流水，别意与之谁短长？

金陵一行，诗人是快乐的。在这样一个美好的时节，一个让人留恋的地方，诗人却要走了。面对美丽的江南风物和朋友们的盛情挽留，诗人依依不舍，怎样才能表达自己的无限惜别之情呢？也许饯别的酒店正面对大江，诗人顺手一指，以水为喻：请你们问问那东流的江水，离情别意与它相比究竟谁短谁长？

情感是抽象的，即使再深再浓，也看不见摸不着；而江水是形象的，给人的印象是绵绵不绝。但诗人不是简单的相喻，而是设问比较，迷迷茫茫地，似收而未收住，言有尽而意无穷，给人以想象的空间。采用这种表现手法，李白可能受到前人的启发，如谢朓就写过“大江流日夜，客心悲未央”，但李白写得更加生动自然。

评解

很多人写离别，大多少不了言愁，所谓“离愁别绪”。然而，李白这首诗中连一点愁的影子都不见，只有别意。沈德潜说此诗“语不必深，写情已足”。诗人正值青春华茂，他留别的不是一两个知己，而是一群青年朋友。这种惜别之情在他写来，饱满酣畅，悠扬跌宕，唱叹而不哀伤，富于青春豪迈、风流潇洒的情怀。

望庐山瀑布

日照香炉生紫烟，
遥看瀑布挂前川。
飞流直下三千尺，
疑是银河落九天。

【题 解】

庐山，位于江西省九江市附近，北靠长江，南傍鄱阳湖。大山与大江、大湖相依，雄奇秀拔。

李白与庐山有着不解之缘，曾数游庐山。他说："余行天下，所游览山水甚富，俊伟诡特，鲜有能过之，真天下之大观也。"李白还在庐山住过。天宝十五载（756），为避安史之乱，他携夫人在庐山五老峰旁筑屋，过着"朝耕白云暮种竹，日观山色夜炼丹"的隐居生活。如今山上的一些地方就是用他的名字或诗句来命名的，如青莲谷、青莲寺、日照庵、黄云观等。

李白《望庐山瀑布》有两首，此其二，可能是开元十四年（726）出游金陵途中初游庐山所作。

望庐山瀑布 诗意图 孙文铎 绘

句解

日照香炉生紫烟

太阳照耀在香炉峰上，峰上升腾起紫色的云烟。“香炉”，指香炉峰，在庐山西北，峰顶尖圆，常常烟云缭绕聚散，如一个硕大的香炉，故得名。我们知道，烟云之气在日照下，除了旭日东升与夕阳反照时，一般都是青白色的。但因为香炉峰下有瀑布，水气蒸腾，混入云气，透着日光，就反映出紫红色了。

这一句看上去与瀑布的关系不大，却紧扣着题目的“望”字。它交待了瀑布所在的位置，也点出了望瀑布的具体时间。早晨红日升起，那山间的岚气才会弥漫出紫色。诗人笔下的香炉峰颇有几分浪漫仙化色彩，为不寻常的瀑布创造了神奇的背景。

遥看瀑布挂前川

接着，诗人把视线移向山壁上的瀑布。远远望去，瀑布就像一条大河垂挂在山前。

古人云：“泰岱青松，华岳摩岭，黄山云海，匡庐瀑布，并称山川绝胜。”庐山瀑布很多，李白此诗写的是开先瀑布。诗人抬头远望，观其全貌，不见水流飞泻，不闻瀑布声响，似乎见到的是一幅静止的画。“挂”字很妙，它化动为静，形象地表现出倾泻的瀑布在“遥看”中的样子。

飞流直下三千尺

远看瀑布，不见动感，近到崖前，则景象迥然。只见水流飞泻，笔直而下，竟有三千多尺长。

周景式《庐山记》说，庐山瀑布“其水出山腹，挂流三四百丈，飞湍于林峰之表，望之若悬素，注水处石悉成井，其深不可测”。李白此句中“飞流直下”是实写，极显瀑布的动态。一个“飞”字，把高山瀑布奔腾跳跃的态势描绘得恰到好处。“直下”一词，既显山势之高，又见瀑水之急，高空直落、势不可挡之状如在目前。“三千尺”，不是对瀑布长度的真实表述，而是虚指，是一种特有的流动气势。这一句虽未写声，我们却仿佛能听到飞流轰鸣的声音。

疑是银河落九天

面对这样壮美的景观，诗人既惊且疑，疑其非人间所有。于是叹道：真让人怀疑这是银河从天上倾泻下来了。

由瀑布到银河，是诗人的奇特联想。“银河”，是指晴朗的夜空里呈现出的由许多恒星组成的白色光带，看上去像银白色的大河。“九天”，古人认为天有九重，最高的一重称为九天。诗人将银河来了一个水平大翻转，从横向变成竖挂，又从天上落到人间，给人以浪漫的想象和无穷的魅力。而“疑是”一词，为全诗蒙上了一种恍恍惚惚、亦真亦幻的艺术色彩。用银河比喻瀑布，极写瀑布之壮观，给人以力和美的双重感受。

评解

李白此诗用语明白浅显，而想象奇特，可谓家喻户晓，雅俗共赏。古人评价此诗说：“入乎其内，发乎其外。想落天外，形神兼备。”

中唐诗人徐凝也写过一首《庐山瀑布》：“虚空落泉千仞直，雷奔入江不暂息。千古长如白练飞，一条界破青山色。”也大有欣赏者。不过，苏轼却深不以为然，他戏诗一首：“帝遣银河一派垂，古来唯有谪仙词。飞流溅沫知多少，不与徐凝洗恶诗。”（《戏徐凝瀑布诗》）话是偏激了一些。徐诗虽没有李白那种意气飞扬、自然流畅、天然浑成的气质，但后两句也大有可圈可点之处。不过，在写庐山瀑布的诗中，确实还没有能超出李白的。

黄鹤楼送孟浩然之广陵

故人西辞黄鹤楼，

烟花三月下扬州。

孤帆远影碧空尽，

惟见长江天际流。

【题 解】

开元十五年（727），李白东游归来，至湖北安陆，年已二十七岁。他在安陆住了有十年之久，不过很多时候都是以诗酒会友，在外游历，用他自己的话说就是“酒隐安陆，蹉跎十年”。也就是寓居安陆期间，李白结识了长他十二岁的孟浩然。

孟浩然（689—740），湖北襄阳人，四十岁以前，除了偶尔出游外，基本上隐栖乡里，过着诗酒田园生活。四十岁时，孟浩然到长安，求仕失望。在江淮吴越各地漫游了几年，重回故乡。其后一度在张九龄身边作过幕僚，最后还是归隐家乡。在盛唐诗人中，孟浩然年岁较长，善写山水田园诗，李白、杜甫、王维等对他都深怀敬意，并给他的诗以相当高的评价。

黄鹤楼送孟浩然之广陵 诗意图　吕士荣 绘

李白对孟浩然的看法，我们可以从他的另一首诗《赠孟浩然》看出："吾爱孟夫子，风流天下闻。红颜弃轩冕，白首卧松云。醉月频中圣，迷花不事君。高山安可仰，徒此揖清芬。"意思是：我敬慕孟夫子您啊，文采出众，散淡风雅，天下闻名；年轻时就抛弃功名不爱官冕车马，老来又隐居深山卧看松木浮云；常常赏月醉酒，迷花恋草，而不愿侍奉君王；您犹如高山，我怎能仰及？只在此拱手崇敬您的高洁品行。虽然不乏溢美之辞，但孟浩然无疑是李白性情最投合的诗友之一。

这首诗的题目是说，孟浩然要去广陵，也就是扬州，李白在黄鹤楼为他送行。

句解

故人西辞黄鹤楼

老朋友向西告别黄鹤楼，要远行去了。黄鹤楼是武汉的一处名胜，传说仙人在这里骑鹤上天，后代文人多有流连题咏。李孟二人大概一同游览了，并在这里分别。因为黄鹤楼在扬州之西，所以说"西辞"，暗寓东行。

烟花三月下扬州

在烟雾迷蒙、春花灿烂的三月时节，故人乘船东下去扬州。"烟花"一语的概括性极强，教人分不清是烟云，是草树，是春水，是晴岚，分不清是在江夏，还是扬州，抑或是沿途，只觉到处弥漫着。而开元时代的扬州，是一个繁华的都会，给人的感觉何尝不是如此呢？行者与送者，似乎都沐浴在春风中。将黄鹤楼与"下扬州"放到一起，让我们不禁想到"骑鹤下扬州"的故事。或许诗人并无此意，但既然孟浩然是一位风流散淡的诗人，将其与仙人骑鹤的形象联想在一起，也还是可以的。而扬州这一"繁华似锦地"，曾激起多少人对它的向往，尤其是对于那些浪漫的文人雅士来说，就更意味着无尽的动人想象。即便到了现在，它已经风光不再，但"扬州"二字依旧包含着数不尽的风流。

此句写出行季节与行程，纪事中兼有写景，一笔便抹出了暮春时节、繁华之地的迷人景色。意境优美，文字绮丽，清人孙洙誉为"千古丽句"。

孤帆远影碧空尽

故人挥一挥手，走了，诗人站在黄鹤楼前，目送着他。只见一片孤帆的远影，一点一点消失在碧水蓝天处。这一句包含着一个时间的过程：即先前尚可见到船只，后来只见一片白帆，再后来就剩下一点影子。送行者的深情由此可见。

所谓“孤帆”，此时江面上未必只有故人一船，只是诗人眼中无它。在宋朝人编的《万首唐人绝句》中，这句写成“孤帆远影碧山尽”，在陆游的《入蜀记》中，则写成“征帆远映碧山尽”。显然，“空”字展开的境界更为阔大，而“山”字则阻断了人的视线，限制了想象空间。

惟见长江天际流

故人渐去渐远，诗人什么都看不到了，只看到茫茫的长江水在天边奔流。送别的过程即将结束，这句却将其转换成一种延续性的状态。诗人的目光似乎要穿越时空，他的情意正如那滔滔不绝的流水，追随友人而去。这让我们想起李白的另一句诗“仍怜故乡水，万里送行舟”。在李白的诗里，流水是有情的。清沈德潜说：“七言绝句以语近情遥，含吐不露为贵；只眼前景、口头语，而有弦外音，使人神远，太白有焉。”

评 解

同是送别诗，王勃在《送杜少府之任蜀州》说：“海内存知己，天涯若比邻。无为在歧路，儿女共沾巾。”是一种少年刚肠的离别。王维在《渭城曲》说：“劝君更进一杯酒，西出阳关无故人”，是一种深情体贴的离别。李白的这首送别诗有它自己特殊的情味，是一种充满诗意的离别。其所以如此，大概是因为这是两位风流潇洒的诗人的离别，还因为这次离别跟一个繁华的时代、繁华的季节、繁华的地区相联系，在愉快的分手中还带着诗人李白的向往。

长相思

长相思，在长安。
络纬秋啼金井阑，
微霜凄凄簟色寒。
孤灯不明思欲绝，
卷帷望月空长叹。
美人如花隔云端。
上有青冥之高天，
下有渌水之波澜。
天长路远魂飞苦，
梦魂不到关山难。
长相思，摧心肝。

【题解】

《长相思》是乐府旧题，属“杂曲歌辞”，多写思妇之情。李白前后共作两首，这里选其一。大概作于李白第一次入京师长安期间。当时他奔走于权贵名流之门，希望“攀龙见明主”，却处处受挫，不得其门而入。也有人认为，这首诗是李白被排挤离开长安后回忆过往之作。

长相思 诗意图　廖松岗 绘

句解

长相思，在长安

诗人开篇即直抒胸臆。他长期思念的人呀，在长安。“长”，表明思念由来已久，并且一直持续，可见其深情执著。“长安”，今陕西西安，为唐朝国都。

络纬秋啼金井阑，微霜凄凄簟色寒

“络纬”，俗称纺织娘。“金井阑”，言井栏之精美。秋夜里，纺织娘在精美的井栏边鸣叫。诗人由秋声、秋意起兴，描写环境，渲染气氛，实则写人物心理。先写所闻，秋虫鸣叫，岁时将晚，有悲秋之意；再写所感，“微霜凄凄”，人物似乎暴露在秋霜中，凄冷之气逼人。“簟色寒”，寒意浸在席上，将人包围，暗示夜不能寐。据此可见孤单凄凉之状。从其居处来看，非贫寒之地。然而何以有此“哀景”？当是心理落寞，境由情生。

孤灯不明思欲绝，卷帷望月空长叹

这两句写诗人凄苦的思念、无可排遣的忧伤和一筹莫展的境遇。“孤”，不仅写灯，也言人。本来已是满目凄凉，又独对孤灯，如何不让人黯然神伤。而“不明”，更给人的愁思增添了阴影。所有这些，都缘于刻骨的相思，真叫人伤心欲绝呀！思之不得，卷帘外望，想要一吐积郁。空中一轮明月，可否寄相思？明月无语，诗人无可奈何，只有借月言愁，空自长叹。

美人如花隔云端

美人如花，远远相隔在云端。这是一个独立句，是理解全诗的关键。“长相思”的题意到此具体表明。“美人如花”，以虚写实，美不可言，而又朦朦胧胧。既在长安，又在云端，可谓近在眼前，远在天边，可望但不可及。一在地上，一在天上，亦见倾心仰慕之情。

上有青冥之高天，下有渌水之波澜。天长路远魂飞苦，梦魂不到关山难

诗人想要走近远在云端的美人，但放眼望去，上面有幽远苍茫的青天，下面有清江掀起的波澜。“青冥”，青是天的颜色，冥是形容天的幽远深邃。“渌”，指水色清澈。“之”字的运用，使得音调曼长动听，形成咏叹的语感，正如《诗大序》所谓“嗟叹之不足，故永歌之”（“永歌”，即拉长声调歌唱）。这种句式，为李白特别乐用，如“蜀道之难，难于上青天”、“弃我去者，昨日之日不可留；乱我心者，今日之日多烦忧”等等。

诗人承受着精神上的煎熬，在梦幻中魂魄飞扬，去寻找他思念的人儿。然而天长路远，魂魄苦于飞度；重重关山，阻难于前，梦魂亦不能到达。显然，他们之间有着难以逾越的距离。但这距离不是地理上的，那么是什么呢？一直到全诗结束都没有说出。

这四句并非实指，而是虚写，将相思之情吐露得淋漓尽致，同时把读者的思绪带到一个更大的空间和氛围中。这几句诗在音韵上颇有情致，可谓辞清意婉，十分动人。

长相思，摧心肝

长久的思念啊，摧断心肝。诗以沉重的叹息作结，回应篇首，有一唱三叹之意。结句短促有力，言已毕而情未尽。

评解

有人说，这首《长相思》就是一首单纯的爱情诗。从这个角度来欣赏，固然可以，但它不应仅止于此。

中国古诗中有以“美人”比喻所追求的理想人物的传统，如《楚辞》“恐美人之迟暮”。而“长安”这个特定地点更暗示这里是一种政治的托寓。以男女之情比喻君臣遇合，屈原的政治抒情诗《离骚》首创其例。从构思立意到遣词用字，《长相思》都受到屈原辞赋中“求女”的影响。从这首诗中我们可以看到，诗人期望君臣遇合的心情格外强烈，格外迫切。这种强烈而又迫切的政治热情，很难直书其事；即使直书，也很难淋漓尽致；即使淋漓尽致，又可能失于浅露，反倒乏味。于是，诗人采用比兴手法来曲尽其恋，借用缠绵悱恻、不能自已、甚至生死以之的男女之情，来托喻君国之思。正如王夫之在《唐诗评选》中所说：“题中偏不欲显，象外偏令有余，一以为风度，一以为淋漓，呜乎，观止矣。”意思是说，在这首诗中，作者把他要表现的主题隐藏起来，而在形象之外却有弦外之音，既含蓄蕴藉，又淋漓尽致。

春夜洛城闻笛

谁家玉笛暗飞声，
散入春风满洛城。
此夜曲中闻折柳，
何人不起故园情。

【题 解】

这是一首七言绝句，大约作于开元二十二年（734）。当时李白客居洛城，即今天的河南洛阳。在唐代，洛阳是一个很繁华的都市，称东都。一个春风沉醉的夜晚，繁华喧闹了一天的洛阳城已经平静下来。李白大概正在客栈里，因偶然听到的笛声而触发故园情，作此诗。

春夜洛城闻笛 诗意图 董淑嫔 绘

句解

谁家玉笛暗飞声

谁家的玉笛，在静夜里悄悄地响起？诗人或许正在读书、闲坐，或做着其他的事，一曲笛声不期然响起，夜深人静，笛声清远而动听。他被吸引住了，循声望去，却辨不清笛声来自哪里。“玉笛”，指玉制的笛，或笛子美称，或羌笛的代称，不确定，存疑。

散入春风满洛城

春风徐徐，笛声飘散在风中，风又吹送笛声，飘满了洛阳城，让人想到“此曲只应天上有”。这一句虽带有艺术的夸张，却衬出笛声的动人、夜的安静。惟其如此，才会在诗人的听觉与想象中飘满洛城，似乎其他的声音都不存在了，似乎全城人都在凝神静听。

此夜曲中闻折柳

今夜，缥缈的笛乐中，我听到了思乡怀亲的《折杨柳》。笛乐飘飘，如此动人，究竟吹的是什么曲子呢？“折柳”，即《折杨柳》，汉代横吹曲名，内容多写离别之情。如《旧唐书·乐志》载北朝流传的一首《折杨柳枝》：“上马不捉鞭，反拗杨柳枝。下马吹横笛，愁杀行客儿。”历代文人仿作的《折杨柳枝》曲辞，也都是抒发离愁别绪的。在这里，折柳既可理解为听到的是一首折柳曲，还可理解为在乐曲中听到了折柳的意绪。“柳”谐音“留”。古人送别亲友时，折柳相赠，暗示留恋、留念的意思。折柳既是一种习俗，也代表一个场景、一种情绪。古人还有折柳寄远的习惯，是盼远游亲人早归的意思。

何人不起故园情

听到这笛声的，谁不会动思乡之情呢？联系第一句看，这种游子怀念故园的感情，最初可能是隐藏的、莫可名状的，因偶然听到的笛声突然明朗、强烈起来了。笛声来自何处，何人在吹，是和自己一般的游子？是乐工？是歌妓？这些都让诗人和读者去猜测。而这些又都无须一一去分别，因为思乡之情对游子来说，都是共有的。它绵绵不绝，弥漫在夜空中，缠绕在游子心头，抹不去化不开。“何人”一词概括性极强，实则是突出诗人思乡之情尤重。

评解

李白长年在外，在实现个人抱负方面受过一些挫折。这首诗颇有倦游思归之意。

俞陛云《诗境浅说续篇》："春宵人静，闻笛韵悠扬，正引人幽绪；及聆听曲调，不禁黯动乡国之思。释贯休《闻笛》诗云：'霜月夜徘徊，楼中羌笛催。晓风吹不尽，江上落残梅'。同是风前闻笛，太白诗有磊落之气，贯休诗得蕴藉之神，大家名家之别，正在虚处会之。"

将进酒

君不见黄河之水天上来，奔流到海不复回。
君不见高堂明镜悲白发，朝如青丝暮成雪。
人生得意须尽欢，莫使金樽空对月。
天生我材必有用，千金散尽还复来。
烹羊宰牛且为乐，会须一饮三百杯。
岑夫子，丹丘生，将进酒，杯莫停。
与君歌一曲，请君为我倾耳听。
钟鼓馔玉不足贵，但愿长醉不复醒。
古来圣贤皆寂寞，惟有饮者留其名。
陈王昔时宴平乐，斗酒十千恣欢谑。
主人何为言少钱，径须沽取对君酌。
五花马，千金裘，呼儿将出换美酒，与尔同销万古愁。

将进酒 诗意图 顾炳鑫 绘

【题解】

开元二十二年（734），李白出游襄阳，拜访了以举贤著称的韩朝宗，在《与韩荆州书》一文中，他说自己“虽长不满七尺，而心雄万夫”，“日试万言，倚马可待”，希望韩朝宗举荐自己，但没有结果。开元二十三年（735），他应元演之邀，北游太原。第二年返回河南，与友人元丹丘、岑勋在嵩山南麓颍阳山置酒相会，《将进酒》即此时所作。也有人认为，这首诗作于天宝十一载（752）。

在中国文学史上，诗与酒相从相随，几乎有一种天生的缘分。李白好饮，也善饮，留下了很多与酒有关的名篇。杜甫这样写道：“李白斗酒诗百篇，长安市上酒家眠，天子呼来不上船，自称臣是酒中仙。”

《将进酒》是汉乐府曲名，意为“劝酒歌”。古代的歌词，有以饮酒放歌为言的，有以濡首荒志为戒的。李白同样是借酒抒怀，“填之以申己意”。

句解

君不见黄河之水天上来，奔流到海不复回。君不见高堂明镜悲白发，朝如青丝暮成雪

李白和朋友相聚畅饮的颍阳离黄河不远，于是借黄河水以起兴。你难道没有看见，汹涌奔腾的黄河之水，有如从天上倾泻而来？它滚滚东去，奔向东海，永远不回还。你难道没有看见，在高堂上面对明镜，深沉悲叹那一头白发？早晨还是满头青丝，晚上已变得如雪一般。

诗篇发端用两组排比长句，天地人生都说到了，境界阔大，仿佛天风海雨迎面扑来。前两句从空间上放大，后两句从时间上压缩。诗人写黄河，总是极尽其宏大气魄和浩大声势，如“黄河如丝天际来”、“黄河西来决昆仑，咆哮万里触龙门”等，基调是壮。这次却有“不复回”之叹，可谓壮中有悲。那是因为融入了年华易逝之感。以流水喻时光易逝，古已有之。如《论语》载：“子在川上曰：逝者如斯夫，不舍昼夜”；汉乐府《长歌行》说：“百川东到海，何时复西归？少壮不努力，老大徒伤悲。”

其时李白正值青年，并非“白了少年头”，而顾镜自悲，是在说人生易老，一朝一暮，何其快也。回首往事，功业未成，更易有人生短促的悲叹。但这种悲叹，在李白笔下，颇有慷慨豪迈之意，不是凄凄惨惨，而是呼号奋发。

人生得意须尽欢，莫使金樽空对月。天生我材必有用，千金散尽还复来。烹羊宰牛且为乐，会须一饮三百杯

悲叹虽然不免，但悲观不是李白的性格。在他看来，“白发如丝叹何益”。虽然政治理想不如意，但难道因此而消沉吗？人生得意之事，又哪里只是这一点呢？得意也罢，失意也好，都要尽情享受生活每一天。与朋友聚会畅饮，即是“尽欢”之一。因此他说：人生在世适意高兴之时，就应尽情欢乐，切莫让金杯空对皎洁的明月。

这种豪情，不仅是性格使然，也来自诗人对自我价值的肯定和自信，他说：既然老天造就我这栋梁之材，就一定会有用武之地；即使散尽了千两黄金，也会重新得到。这一方面表明诗人渴望用世，同时又说明怀才不遇。不过他相信，一旦时机到了，自己就会志得意满，大有作为。这种乐观自信的精神、慷慨激昂的气概，一直伴随诗人终生。

诗人曾“东游维扬，不逾一年，散金三十余万，有落魄公子，悉皆济之”，后来“黄金散尽交不成”。虽如此，他并不以为意，他坚信自己终有用世的一天，因此即使“千金散尽”，身无分文，乃至一时潦倒，又算得了什么。

既如此，在这相聚的时候，就该烹羊宰牛尽情欢乐，一定要喝上三百杯。诗人豪情毕现，他要于酣畅淋漓的痛饮中，享受人生快意。

岑夫子，丹丘生，将进酒，杯莫停。与君歌一曲，请君为我倾耳听

诗人兴之所至，禁不住要歌之咏之：岑夫子，丹丘生，请快喝呀不要停，我为你们唱一首歌，请你们侧耳为我细细听。“杯莫停”，有的版本作“君莫停”。

这一段短句，不但使诗歌节奏富于变化，而且正如席间劝酒的话，具有生活色彩。至此，狂放之情趋于高潮，诗的旋律加快。

岑夫子、丹丘生，都是李白的好友。岑勋生平不详，曾隐居在河南鸣皋山。元丹丘是当时著名的隐士。李白和他的交往很深，在《李太白全集》中写给他的诗多达十余首。从“畴昔在嵩阳，同衾卧羲皇”来看，两人曾共同隐居过一段时间。嵩阳，即嵩山之阳，这是元丹丘的主要隐居地。

钟鼓馔玉不足贵，但愿长醉不复醒。古来圣贤皆寂寞，惟有饮者留其名

“钟鼓”，富贵人家宴会中奏乐使用的乐器。“馔玉”形容食物像玉一样精美。这里借指达官贵人。诗人说：在钟鼓齐鸣中享受丰美食物的豪华生活，并不值得珍贵，我但愿永远沉醉而不再清醒；自古以来，那些圣贤无不感到孤独寂寞，惟有寄情美酒的人才留下美名。

诗情至此，分明由狂放转而为激愤。“钟鼓馔玉”的生活，诗人不以为然，言下之意，一些人虽然富贵如此，却无德无能；以他天生有用之才，本当位至卿相，却怀才不遇。然而，现实如此，他又能怎样呢？既不愿在清醒中痛苦，则只好在醉酒中寻求解脱。看看那些古来圣贤，又有多少得遇知音，为人赏识呢？说古人“寂寞”，其实也是在说自己寂寞。既如此，还不如逃于醉乡，快快活活。“饮者”，决非一般酒徒，而是酒中圣贤。“惟有”，不过是愤激之辞。自己虽然一时寂寞，做个无奈的“饮者”，但诗人坚信，以己之才，定会留名于世。

陈王昔时宴平乐，斗酒十千恣欢谑。主人何为言少钱，径须沽取对君酌。五花马，千金裘，呼儿将出换美酒，与尔同销万古愁

大概是作为主人的元丹丘，恐怕李白饮酒过多，便故意说没有钱买酒了，李白却不肯罢休。他反客为主，豪放之态毕现：陈王曹植过去曾在平乐观大摆酒宴，即使一斗酒价值十千也在所不惜，只为着尽情欢乐嬉戏；主人啊，你为什么说钱不多呢，只管去买酒来让我们一起畅饮；这五花宝马、千金狐裘，且叫孩子拿去换回美酒，我要与你们豪歌痛饮，消解这万古烦愁！

三国时的曹植曾被封为陈王，他才华横溢，但常常任性而行，饮酒不节，最终没能得到父亲曹操的重用。后又遭兄、侄猜忌，虽志向远大，终究郁郁不得志，死时年仅四十一岁。李白既欣赏其人，又同情他的遭遇。曹植《名都篇》中有“归来宴平乐，美酒斗十千”两句，写的是一个贵族青年，无所事事，只有以斗鸡走马，歌舞饮酒为乐，借以消遣岁月。实际上写的就是他自己，抒发不受重用的怅怨之情。李白在诗中用“陈王”故事，暗中也有这个意思。“平乐”，观名，在洛阳西门外，为汉代富豪显贵的娱乐场所。

情犹未已，突然又迸出最后一句，与开篇之“悲”相呼应。“万古”，言愁的深广，非一人一时一事之愁，而是古今皆有的怀才不遇、报国无门的痛苦与忧愁。“五花马”，一说毛色作五花纹，一说颈上长毛修剪成五瓣，言其名贵。

评解

历代文人借酒浇愁虽然屡见不鲜，但表现得这样旷达，这样豪放，却很少见。诗人一方面感到青春易逝，功业未成，因而自悲自叹；一方面又觉得来日方长，此生大有可为，故又自慰自解。于是诗中就出现了明暗交织、悲欢杂糅的调子。全篇饱含一种深广的忧愤和对自我的信念，悲而能壮，哀而不伤，极愤慨而又极豪放，即根源于此。

此诗笔酣墨饱，情极悲愤而作狂放，语极豪纵而又沉着，具有震动古今的气势与力量。全篇大起大落，诗情忽翕忽张，由悲转乐、转狂放、转愤激、再转狂放，最后收笔于“万古愁”，回应篇首，有气势，亦有曲折。通篇以七言为主，而杂以三、五、十言句；诗句以散行为主，又以短小的对仗语点染，节奏疾徐尽变。《唐诗别裁》说：“读李诗者于雄快之中，得其深远宕逸之神，才是谪仙人面目。”此篇正是。南宋著名文学评论家严羽说：“一往豪情，使人不能句字赏摘。盖他人作诗用笔想，太白但用胸口一喷即是，此其所长。”

蜀道难

噫吁嚱，危乎高哉！蜀道之难，难于上青天！

蚕丛及鱼凫，开国何茫然！

尔来四万八千岁，不与秦塞通人烟。

西当太白有鸟道，可以横绝峨眉巅。

地崩山摧壮士死，然后天梯石栈相钩连。

上有六龙回日之高标，下有冲波逆折之回川。

黄鹤之飞尚不得过，猿猱欲度愁攀援。

青泥何盘盘，百步九折萦岩峦。

扪参历井仰胁息，以手抚膺坐长叹。

问君西游何时还，畏途巉岩不可攀。

但见悲鸟号古木，雄飞雌从绕林间。

又闻子规啼夜月，愁空山。

蜀道之难，难于上青天，使人听此凋朱颜！

连峰去天不盈尺，枯松倒挂倚绝壁。

飞湍瀑流争喧豗，砯崖转石万壑雷。

其险也如此，嗟尔远道之人，胡为乎来哉！

剑阁峥嵘而崔嵬，一夫当关，万夫莫开。

所守或匪亲，化为狼与豺。

朝避猛虎，夕避长蛇，磨牙吮血，杀人如麻。

锦城虽云乐，不如早还家。

蜀道之难，难于上青天，侧身西望长咨嗟！

蜀道难 诗意图　苗重安 绘

【题 解】

《蜀道难》是李白在长安时所写。题目属古乐府旧题，现存的还有梁陈时代的几首，都写蜀道之难，但内容单薄。李白此诗在意旨及写法上有所创新，为千古名篇。

这首诗的寓意，历来众说纷纭，莫衷一是。归纳起来主要有以下几种：

（一）斥严武说。称剑南节度使严武欲害房琯、杜甫，这首诗为担心房、杜安危而作。（二）刺章仇兼琼说。称此诗为讽刺章仇兼琼而作，警诫朝廷防范他有反叛之心。章仇兼琼曾任剑南节度使，是个善于媚上取宠的小人。（三）讽喻说。认为文中的“君”是指唐玄宗，唐玄宗在安史之乱时逃难到蜀地，李白写此诗是劝谏唐玄宗不要久留蜀地，而应心怀国家安危，回到长安。（四）咏蜀说。此说出自明胡震亨《李诗通》，认为此诗自为“咏蜀耳，言其险，更著其戒”。清顾炎武在《日知录》中亦持此说：“李白《蜀道难》之作，当在开元、天宝间。时人共言锦城之乐，而不知畏途之险，异地之虞，即事名篇，别无寓意。”（五）仕途说。认为此诗表面写蜀道的艰险，实则写仕途坎坷，反映了诗人在长期的漫游中屡遭踬碍的生活经历和怀才不遇的愤懑。

以上解读中，前两说皆不足信，较多为人采用的是咏蜀说及仕途说。

句解

噫吁嚱，危乎高哉！蜀道之难，难于上青天！蚕丛及鱼凫，开国何茫然！尔来四万八千岁，不与秦塞通人烟

诗篇开头即起势突兀，用强烈的感叹、夸张的语调、超人的想象，点出“蜀道难”这一主题。他说，哎呀呀，山多么高，多么险啊！蜀道的难行，比登上青天还难！蚕丛和鱼凫这两位古蜀王，他们建国的年代是多么久远不明。从那时到现在已有四万八千年，蜀国还不曾和秦地的人们沟通来往。

“噫吁”，惊叹声，宋庠《笔记》说：蜀人见物惊异，辄曰“噫吁”。“蚕丛”和“鱼凫”，是传说中的古蜀国的两个国王。“四万八千岁”，是夸张的说法，极言时间的漫长。“秦塞”，指秦地，即今陕西省中部地区，为古代秦国的发源地，古称秦为“四塞之国”。

西当太白有鸟道，可以横绝峨眉巅。地崩山摧壮士死，然后天梯石栈相钩连

为什么说蜀道的难行比上天还难呢？你看，长安西面有太白山挡住了入蜀之路，山是那样的高，只有鸟儿飞行的路径，沿此可以横越峨眉山的顶峰。

秦蜀之间群山连绵起伏，峭拔险峻，构成两地交通的一大屏障。由秦入蜀，太白峰首当其冲，它位于长安以西，是关中一带的最高峰。《名山志》云："关中诸山莫高于此。其山巅高寒，不生草木，常有积雪不消，盛夏视之犹烂然，故以太白名。"诗人则夸张地说只有鸟儿才能飞得过。峨眉山也是有名的高山，"四川有个峨眉山，离天只有三尺三。"诗人选取这两座山为代表，意在表明自秦入蜀，都是高峰难行。

诗人还借用《华阳国志·蜀志》中的一则神话故事，说：山崩了，地裂了，壮士们死去，然后才有天梯一样的山路与栈道，将秦蜀两地沟通连结。相传秦惠王想征服蜀国，知道蜀王好色，答应送给他五个美女。蜀王派五位壮士去迎接。回到梓潼（今四川剑阁）时，看见一条大蛇进入穴中，一位壮士抓住了蛇尾，其余四人也来相助，用力拉拽。不多时，山崩地裂，壮士和美女全被压死，而山分为五岭，入蜀之路遂通。这便是"五丁开山"的故事。虽为神话，却是现实的反映。战国时秦惠王灭蜀，修栈道，置蜀郡，从此蜀地开始与秦交通。那些栈道是在悬崖绝壁上凿石架木、铺设路面而成，有的宽仅盈尺，下临深渊，行走其上，心惊胆颤。由此可见，古蜀道的开辟是十分艰难的，不异于地崩山摧，不知有多少人为此献出生命，正如神话故事所描绘的那样，具有神奇悲壮的色彩。

上有六龙回日之高标，下有冲波逆折之回川。黄鹤之飞尚不得过，猿猱欲度愁攀援

蜀道的高危难行，究竟何以见得？你看，上面有太阳神的六龙车也要回车绕道的高峰，下面有波涛滚滚、为大山所阻而回旋转折的急流。黄鹤善于高飞吧，尚且不能越过；轻疾敏捷的猿猴想要通过，也发愁不能攀援。

诗人不但把夸张和神话融为一体，写山势的高危，而且衬以水险，再借黄鹤与猿猱来反衬。由此可知，人要行走是何等之难。"六龙"，传说太阳神的车子是由羲和驾着六条龙，每天在空中行驶。"回"，迂回、绕道。"高标"，指山中最高而为一方标志者，极言蜀山之高，成为羲和回车的标志。

以上用虚写手法层层映衬，接着诗人就具体描写山路的难行。

青泥何盘盘，百步九折萦岩峦。扪参历井仰胁息，以手抚膺坐长叹

那青泥岭的山路是何等曲折盘旋，每走一百步就要绕着峰岩九次转弯。山高入云，走在上面，用手就可摸到星星。仰起头来，似乎呼吸都被压抑屏住。唉，山势是那样峻危，行走是那样艰险，直叫人心惊胆颤，只好手抚胸口，坐下来连声长叹。

行人提心吊胆，神情惶悚，困危之状如在眼前，蜀道之难，真如登天。“青泥”，山岭名，位于今甘肃、陕西两省界上，为入蜀要道，其岭悬崖万仞，上多云雨，行人常常碰上泥淖，故得名。“参”和“井”，为星宿名，分别是蜀、秦的分野。所谓分野，是指古时根据天上星宿位置，划分地面相应的区域。

问君西游何时还，畏途巉岩不可攀。但见悲鸟号古木，雄飞雌从绕林间。又闻子规啼夜月，愁空山

至此，蜀道的难行似乎写到了极处，但诗人笔锋一转，又是一番情状：我且问你，你到西边远游，什么时候回还？那可怕的路途、险峻的山岩，实在不可登攀。一路上，只见悲伤的鸟儿在古树间啼唤，雌的跟着雄的飞绕在丛林间。又听到杜鹃鸟在月夜哀啼，一声声“不如归去”，真是愁绕空山啊！

诗人借古木荒凉、鸟声悲凄的自然环境，渲染旅愁和蜀道孤寂苍凉的气氛，说明蜀道的难行，不仅是对人生理的挑战，更给人带来心理的不安。“子规”，即杜鹃鸟，蜀地常见，春暮即鸣，常常通宵达旦。传说为蜀王杜宇的魂魄所化，其声凄切，谐为“不如归去”。

蜀道之难，难于上青天，使人听此凋朱颜！连峰去天不盈尺，枯松倒挂倚绝壁。飞湍瀑流争喧豗，砯崖转石万壑雷。其险也如此，嗟尔远道之人，胡为乎来哉

沿着蜀道前行，景色不断变换，但不变的依然是艰险。唉，蜀道真难啊，难于上青天，人一听到这，美好的容颜就憔悴了。你看那群峰连绵，离天不到一尺，枯松倒挂，依靠在悬崖绝壁上。飞泻的急流瀑布争相咆哮喧腾，冲击山崖，翻转石块，好似千万条山谷中巨雷轰鸣。蜀道是这样的艰险，可叹你这远方之人，为什么要来这地方！

这好像一组电影镜头。先是远景大画面：山峦起伏、连峰接天；接着平缓拉近，仰视上推：枯松倒挂绝壁；尔后转为特写：飞流、瀑布、悬崖，水石激荡，再配以山谷轰鸣的音响，真是惊险万状，目不暇接。这组句子气势磅礴，节奏很快，极尽夸张之能事。

“喧豗”，喧闹声。“砯”，撞击声，这里是撞击的意思。

剑阁峥嵘而崔嵬，一夫当关，万夫莫开。所守或匪亲，化为狼与豺。朝避猛虎，夕避长蛇，磨牙吮血，杀人如麻

在蜀道上一路跋涉，不仅有天险，还要防备歹人与毒蛇猛兽的攻击。到得剑门关前，只见山势高大雄峻，一人把守，万人不能闯开。假如守关的人不是亲信，就会像豺狼一样起了野心，成为叛逆祸患。在这里，早上要防备猛虎的袭击，晚上要警惕毒蛇的暗算。它们磨尖牙齿，吸食人血，杀的人就像乱麻一样多。

诗人在对剑阁险要形势的描写中，融汇了前人的诗句，晋人张载的《剑阁铭》中写道：“一夫荷戟，万夫趑趄，形胜之地，匪亲勿居。”“剑阁”，又名剑门关，今四川省剑阁县以北，在大剑山和小剑山之间有一条三十里长的栈道，群峰如剑，连山耸立，削壁中断如门，形成天然要塞。因其易守难攻，古为兵家争夺之地，在此割据称王者不乏其人。有人说，猛虎、长蛇比喻割据、祸害一方的人，也有人说是写实。“匪”，通“非”。

锦城虽云乐，不如早还家。蜀道之难，难于上青天，侧身西望长咨嗟

锦城虽说是块乐土，还是不如早早回家。蜀道难啊，难于上青天！我转身向西眺望，禁不住连声长叹！

这是全诗的结束语。主旨句第三次出现，有深沉的慨叹意。“长咨嗟”三字，若有余音，发人深思。“锦城”，即锦官城，成都的别称。成都以产锦著名，古代曾设锦官于此，专理其事，故称之。

评解

虽然本诗难确指一人一事，但全诗极言蜀道之难之险，同时激荡着一种奇伟之气，有卓荦不群、横空杰出的气势。基调与李白出蜀时所写诗篇不同，极近于开元末、天宝初被迫离开长安后的一些作品。

读《蜀道难》，既感受到大自然动人心魄的奇险与壮伟，又给人以回肠荡气之感。如此多的画面此隐彼现，其境界之阔大，自不待言。无论写山之高，水之急，河山之改观，林木之荒寂，连峰绝壁之险，皆有逼人之势，其气象之宏伟，确非他人可及。再从总体来看，其变化极速，愈变愈奇，又往往出人意料，使人目不暇接。正如清代诗评家沈德潜所盛称：“笔势纵横，如虬飞蠖动，起雷霆于指顾之间。”

杜甫称赞李白的诗“惊风雨”、“泣鬼神”，《蜀道难》正如此。明代诗人高启称此诗为“商声激烈”。“商声”，伤心之声也，然而却又“激烈”；不是凄凄切切，而是呼号奋发、自由奔放的悲歌。《唐摭言》卷七记载：“李太白始自西蜀至京，名未甚振，因以所业贽谒贺知章。知章览《蜀道难》一篇，扬眉谓之曰：‘公非人世之人，可不是太白星精耶？’”

《蜀道难》采用的句式长长短短，参差错落，基本上使用五七言诗歌的句法，但中间又用了大量散文化诗句，一切都像是信手拈来，使人读着如觉龙腾虎跃于高崖深壑之间。诗的用韵，也突破了梁陈时代旧作一韵到底的程式。后面描写蜀中险要环境，一连三换韵脚，极尽变化之能事。故殷璠所编《河岳英灵集》称此诗“奇之又奇，自骚人以还，鲜有此体调”。捉摸殷璠的意思，是说李白情感充沛，想象力和语言都特别有震撼力。

月下独酌

花间一壶酒，独酌无相亲。
举杯邀明月，对影成三人。
月既不解饮，影徒随我身。
暂伴月将影，行乐须及春。
我歌月徘徊，我舞影零乱。
醒时同交欢，醉后各分散。
永结无情游，相期邈云汉。

【题解】

《月下独酌》为五言古诗，共四首，这里选的是第一首。宋本题下注明“长安”二字，一般都认为写于长安时期，约天宝二、三载（743、744），那时李白被唐玄宗召入长安供奉翰林。他好不容易到了皇帝身边，本想辅佐皇帝，在政治上做一番事业的。但玄宗只是让他侍宴陪酒，写些应酬歌颂文章，并没有重用他的意思。不光如此，他还受到一些人的排挤和谗毁。因此，他感到孤独、苦闷，常常借酒浇愁。从题目可以看出，诗人是在月下一个人喝酒。“独”字非常突出，领起全诗。

月下独酌 诗意图　刘旦宅 绘

句解

花间一壶酒，独酌无相亲。举杯邀明月，对影成三人

诗人在花丛中摆上一壶酒，自斟自饮。边赏花边饮酒，本是乐事，但从“独酌”中可见出诗人孤单落寞之态。“无相亲”，即没有可以亲近的人，说明诗人渴望有知己相伴。见月光照身，身影投地，他忽发奇想，举杯向天，邀请明月，与自己的影子相对，于是成为“三人”。冷清清的场面，似乎一下热闹起来了。

李白自称“酒中仙”，乐时以酒助兴，愁时以酒解忧。月亮同样是他精神世界中永远的知己，与酒一起，构成李白诗歌中最频繁光顾的常客。漫游在外，月光勾起他游子的乡情；秋月里，他曾倾述过不尽的相思；月光下，他和古人结为知己。明月在李白的诗中，常被作为至纯至美至真的象征。

骨子里是愁，却偏要言乐；明明孤独无知音，却硬要说得热闹。由此可见，诗人尽管寂寞失意，却仍不失潇洒飘逸之风。

月既不解饮，影徒随我身。暂伴月将影，行乐须及春

但是明月不懂得开怀畅饮之乐，影子也只是默默地跟随在人的左右，诗人还是只能独酌。“不解饮”，是说月亮没有知觉，不解人意。“随我身”，是说影子终究是附庸于人的虚象，不可与之共语。又分别以“既”字、“徒”字来加重语气，传达出无可奈何之情。

前面刚刚幻想出两位朋友，把明月和影子人格化，现在又还其本来面貌，它们只是无知无感的自然物和自然现象罢了。于是，诗人从天真的幻想中回归到眼前的实景，从假想的宽慰中跌入孤寂的愁思之中，而且语气中似乎带着嗔怪月亮和影子的意思。物本无知，而仍然怨之。这种迁怨于物的写法，表达了一种十分曲折的情感。

尽管清醒地知道明月和清影并不能宽解内心的寂寞，但在无可如何之时，也只好暂时伴着它，他要趁此美景良辰，及时行乐。“将”，是和的意思。诗人又从不如意的现实跳了出来，寻找自我解脱的幻境。不过，在春夜里，独自在花间喝闷酒，有什么“乐”可言呢？所谓“行乐”，不过是寄情花月诗酒，逃离世俗的杂念干扰，排遣一下内心的郁闷愁烦罢了。一个“暂”字，说明诗人也清醒地知道，这种解脱不过是暂时的。

我歌月徘徊，我舞影零乱。醒时同交欢，醉后各分散

想到人生当及时行乐，诗人不禁兴致勃然，他不但自斟自饮，而且载歌载舞。他于酒意朦胧中感觉到月亮随自己前后左右移动，倾听自己放声高歌，影子也摇曳纷乱，随人翩翩起舞。

这几句将人、月光和影子写得一往情深。月和影本来都是无知无觉的，其“徘徊”、“零乱”，活像是有情感的活动。诗人在描写中将其拟人化，赋予强烈的主观感情色彩，化无情为有情，并与之达到情感交融的地步。从逻辑上讲，物与人的内心世界并无多少关系。但从诗意的角度上看，二者却密不可分。正如林语堂所说：“它是一种诗意的与自然合调的信仰，这使生命随着人类情感的波动而波动。”

正当忘乎所以时，诗人忽然意识到，清醒时他们一起欢乐，沉醉后却要各自分开离散，于是不觉又悲从中来。“交欢”，即一起欢乐。诗人清醒时，是落寞郁闷的，而在歌舞痛饮时，暂时得到了欢乐。所以说，“醒时”实为醉时。醉便醉了，却又担心“各分散”，也就是说，尽管是虚幻的欢乐，他也不愿失去。可见内心的孤独寂寞仍是挥之不去。

永结无情游，相期邈云汉

诗人希望和月、影永远结下没有世俗之情的交游，相约在浩邈的云天。“云汉”，即银河，这里泛指远离尘世的天界。原先只想“暂伴”，现在却要“永结”，而且由人间到天上。“无情”是不沾染世情的意思。“无情游”，是超出于一般世俗关系的交游。这种摆脱了利害关系的交往，才是最纯洁、最真诚的。现实中有太多的不如意，于是诗人希望超脱忘怀，遂有此感慨。

评解

《月下独酌》写与月、影同处，反衬出诗人的寂寞孤单，如诗家所说：“题本独酌，诗偏幻出三人，月影伴说，反复推勘，愈形其独。”在表现深沉的孤独感的同时，又显示出颇为旷达超脱的情怀，《唐宋诗醇》评曰：“尔时情景虽复潦倒，终不胜其旷达。”这首诗的感情行进过程极富于曲折变化，其变化正是由潦倒和旷达交织而成的。总起来看，前八句是起伏相间，转折有致。“花间”二句潦倒，“举杯”二句旷达；“月既”二句又潦倒，“暂伴”二句又旷达；“我歌”四句，极写与月、影交欢之乐，不仅旷达，而且俊逸；“永结”二句，更将想象引向高远，显示了“飘然思不群”的风致。全诗率性纯真，毫无做作，沈德潜在《唐诗别裁》中说：“脱口而出，纯乎天籁。此种诗，人不易学。”

下终南山过斛斯山人宿置酒

暮从碧山下，山月随人归。
却顾所来径，苍苍横翠微。
相携及田家，童稚开荆扉。
绿竹入幽径，青萝拂行衣。
欢言得所憩，美酒聊共挥。
长歌吟松风，曲尽河星稀。
我醉君复乐，陶然共忘机。

【题解】

这首诗是李白在长安时所写，但具体时间看法不一。很可能是李白二入长安、待诏翰林时所作。

诗的题目相当于一个小序，意思是诗人从终南山下来，过访斛斯隐士，主人留宿备酒款待。终南山，秦岭主峰之一，在京城长安以南。唐时长安的士人多来这里游玩或隐居。斛斯山人，是一位复姓斛斯的隐士。“山人”，即山林隐者。

下终南山过斛斯山人宿置酒 诗意图 马振声 绘

句解

暮从碧山下，山月随人归。却顾所来径，苍苍横翠微

诗人整日在终南山里游玩，直到傍晚才踏上归途。从山上下来的路上，月亮一直伴随着他。诗人回头望望走过的山路，暮色已浓，看不分明，只见灰黑的路影横斜笼罩在碧山之中。

首句极为简洁，白天游山玩水的情景一概略去，而只写游兴。因为兴致盎然，才觉得月亮如老友相随，很有人情味。"碧"，深绿色，比绿稍浓黑一些，是因为山林罩上了暮色的缘故。"下"，即下山，透露出诗人虽游山终日却无多少倦意，步履仍然轻捷。"却顾"，即回头看。诗人虽未正面写山林之景，却是情中有景，不正是美好山色使诗人迷恋回头吗？"苍苍"，青黑、青灰色，这里指山路因暮色而显得灰暗。"翠微"，青黛色，代指青山。"横"，横斜，有笼罩意。

起首四句用笔简练而神色俱佳，可谓"看似寻常最奇崛"。尤其是后面两句，使全篇行云流水般的节律有了一个必要的顿挫，也使此诗在明快的色调之外有了一种景深。

相携及田家，童稚开荆扉。绿竹入幽径，青萝拂行衣

诗人下得山来，与斛斯山人牵手扶持，到了他的居处，"田家"指斛斯山人家。斛斯是隐士，不是真正的农家。"相携"，一方面说明亲热，同时也因为夜行山道，需要互相扶持。诗人是与斛斯山人同游终南山，相携一起到家？还是在途中遇见，一同回家？两者似都可解。

到了门前，孩童闻声出来为他们打开柴门。"荆扉"，是用荆条编成的柴门。唐诗中表示寒素清贫，而用于隐逸之士，则颇有野趣。他们沿着一条绿竹掩映的幽静小路走进去，两旁如丝下垂的青萝不时拂动行人的衣裳。"青萝"，即女萝，一名松萝，地衣类植物，寄生在树木上，常自树梢悬垂，体如丝状。

孩童、柴门、绿竹、幽径、青萝，呈现出田园生活的自然、素朴与恬静。

欢言得所憩，美酒聊共挥。长歌吟松风，曲尽河星稀。我醉君复乐，陶然共忘机

主客笑语欢言，诗人心情更是不错，白天游山已很尽兴，晚上又有这样好的地方可以休憩。"得所憩"，不仅是赞美山人的庭园居室，也指与隐居此间的主人相投契。宾主共同畅饮，美酒一杯接着一杯，大有酒逢知己千杯少之意。"挥"，有洒、泼的意思，指饮酒，可能是为了趁韵，同时又表现了豪饮的情状。

酒酣兴浓时，他们不禁放声长歌，直到银河中群星疏落，也就是夜很深了。“吟松风”，既可以说歌声和松风声交响，也可指琴曲。乐府琴曲有《风入松》。

这一夜，诗人享受到了自然的、简单的、纯粹的快乐，所以他最后说：我尽兴而醉，你意兴酣然，在开心欢乐中，全已忘掉世俗机巧。“陶然”，是乐融融的样子。“忘机”，是道家语，意思是忘却了计较、巧诈之心，自甘恬淡，与世无争。这应该是诗人有感而发。

评解

这首诗全用赋体叙述，前四句写下山归途所见，中间四句写到斛斯山人家所见，末六句写两人饮酒交欢及诗人的感慨。这几层意思，诗人一路写来，平淡自然，并不刻意渲染，也没有诗人其他篇章惯用的夸张想象之辞，然而诗中流露出的自然淳朴之气，却有很强的感染力。

行路难

金樽清酒斗十千，玉盘珍羞直万钱。
停杯投箸不能食，拔剑四顾心茫然。
欲渡黄河冰塞川，将登太行雪满山。
闲来垂钓碧溪上，忽复乘舟梦日边。
行路难，行路难，多歧路，今安在？
长风破浪会有时，直挂云帆济沧海。

【题解】

《行路难》共三首，这里选其一。大约作于天宝三载（743）从长安赐金放还之时。

《行路难》是古乐府杂曲歌辞名，内容多写世路艰难及离别悲伤之意。本诗以“行路难”比喻世道险阻，抒写了诗人在政治道路上遭遇艰难时产生的不可抑制的激愤情绪，但他并未因此而放弃自己的政治理想，仍盼着总有一天会施展抱负。表现了诗人对人生前途乐观豪迈的气概，充满了积极进取的精神。

行路难 诗意图　汪国新 绘

句解

金樽清酒斗十千，玉盘珍羞直万钱。停杯投箸不能食，拔剑四顾心茫然

面对丰盛的美酒佳肴，“嗜酒见天真”的李白，本该开怀畅饮，但他却食不下咽。他说：金杯里斟满美酒，一斗就要十千，玉盘中盛着珍贵菜肴，价值万钱。但我推开杯子，丢下筷子，不愿喝，也不想吃。可见心情是多么苦闷抑郁。

诗人没有借酒浇愁，而是焦躁不安，有一种行动的渴望。他拔出宝剑，放眼四望，似乎在寻找什么，又像要随时击出宝剑。他好像在寻找出路，要斩断那些阻碍。但出路在哪里？他试过，找过，却无路可行。现在，他要去向何方，宝剑要指向哪里，诗人心绪迷乱，茫茫然不知所措。

三国诗人曹植在《名都篇》中描写洛阳饮宴时说：“归来宴平乐，美酒斗十千。”李白在写这首诗的时候，大概想到了他。曹植被称为才高八斗，尽管身怀利器，抱负不凡，却受到政治上的打击，郁郁不得志。接着，李白又想到了南朝诗人鲍照，并化用了他的诗句。鲍照也是现实生活中的被压抑者，他在《拟行路难》之六写道：“对案不能食，拔剑击柱长叹息，丈夫生世会几时，安能蹀躞垂羽翼？”显然，这引起李白的强烈共鸣。

本诗起句极言宴席的华美，紧接着说对此了无心绪，是欲抑先扬的写法。羞，同“馐”。“直”，同“值”。

欲渡黄河冰塞川，将登太行雪满山。闲来垂钓碧溪上，忽复乘舟梦日边

诗人遭受了挫折，遇到了迷茫。他想渡过黄河，坚冰却堵塞了河流；准备登上太行山，却又积雪满山。诗人茫然四顾，不见坦途，不见春光，惟见大河高山，冰天雪地。这是诗人托物寓意，以山川的险阻说明世路的艰难。鲍照在《舞鹤赋》中说：“冰塞长河，雪满群山”，李白这两句也是从他那里化出。

诗人感到寸步难行，有了暂时退隐的打算。他要闲居下来，垂钓在碧溪上，与山水相亲，忽然又梦到自己乘船经过太阳边。

诗人借用了吕尚（姜子牙）垂钓渭水的典故。商朝末年，纣王暴虐无道，姜子牙隐钓于磻溪，后来遇到求贤若渴的周文王，被立为军师。最终，他辅周伐纣，成了兴周八百年的功臣。白居易在《渭上偶钓》诗中说他是“钓人不钓鱼，七十得文王”。李白所说的“垂钓碧溪”，也同吕尚一样，并不是甘心隐居，而是时运不济时暂且退隐江湖。因此，他又借用伊尹的典故，说明自己的期望。传说伊尹将受命于商汤时，曾梦见自己乘船经过日月之旁。于是，诗人也做起了这样的梦。

行路难，行路难，多歧路，今安在？长风破浪会有时，直挂云帆济沧海。

吕尚、伊尹的人生际遇，固然增加了诗人对未来的信心，但毕竟是梦想，当他的思想回到眼前时，又不免焦虑起来：行路难啊，行路难！前路崎岖，歧途甚多，我要走的那条现在哪里？诗人在七言中用了节奏短促、跳跃的短句，完全是急切不安状态下的内心独白。“歧”，通“岐”。

李白毕竟是积极入世的。瞻望前程，他坚信目前的困境终将摆脱，总有一天，他要乘长风破万里浪，扬起云帆渡过沧海，到达理想的彼岸。诗末，作者又唱起高昂的调子。他似乎摆脱了歧路彷徨的苦闷，引吭高歌，以不可遏止的热情和执着不渝的追求精神，在人生的道路上奋力前行。

“云帆”，指航行在大海里的船只。因天水相连，船帆好像出没在云雾之中。“长风破浪”，用南朝宗悫故事。宗悫少时，叔父宗炳问他的志向，他回答：“愿乘长风破万里浪。”

这最后一句也有不同的理解。明人朱谏《李诗选注》卷二云：“世路难行如此，惟当乘长风挂云帆以济沧海，将悠然远去，永与世违。”也就是说，诗人一旦建功立业，便当功成身退，乘舟浮海。

评解

元人杨载在《诗法家数》中评论李白的七言古诗说：“如江海之波，一波未平，一波复起；又如兵家之阵，方以为正，又复为奇，方以为奇，忽复是正。出入变化，不可纪极。”《行路难》的感情发展，就体现了这种波澜层生、变幻无穷的特点，它围绕着理想和现实的冲突展开，通过瞬息变化的场景，生动地反映了诗人激荡起伏、复杂变化的内心世界：失望与希望交织，迷茫中有着期待，痛苦中掩藏着热情，悲吟和叹息中有着美妙的幻想与豪迈的高歌。

梦游天姥吟留别

海客谈瀛洲，烟涛微茫信难求。
越人语天姥，云霞明灭或可睹。
天姥连天向天横，势拔五岳掩赤城。
天台四万八千丈，对此欲倒东南倾。
我欲因之梦吴越，一夜飞度镜湖月。
湖月照我影，送我至剡溪。
谢公宿处今尚在，渌水荡漾清猿啼。
脚著谢公屐，身登青云梯。
半壁见海日，空中闻天鸡。
千岩万转路不定，迷花倚石忽已暝。
熊咆龙吟殷岩泉，慄深林兮惊层巅。
云青青兮欲雨，水澹澹兮生烟。
列缺霹雳，丘峦崩摧。
洞天石扉，訇然中开。
青冥浩荡不见底，日月照耀金银台。
霓为衣兮风为马，云之君兮纷纷而来下。
虎鼓瑟兮鸾回车，仙之人兮列如麻。
忽魂悸以魄动，恍惊起而长嗟。
惟觉时之枕席，失向来之烟霞。
世间行乐亦如此，古来万事东流水。
别君去兮何时还，且放白鹿青崖间，须行即骑访名山。
安能摧眉折腰事权贵，使我不得开心颜！

梦游天姥吟留别 诗意图　范曾 绘

【题解】

天宝三载春，李白被唐玄宗“赐金放还”，离开长安，他那由布衣而卿相的梦幻从此破灭。去朝以后，他多次在诗文中忆及在朝事，时而以寄君国之思，时而以抒愤懑之情，其中尤以《梦游天姥吟留别》最为杰出。

李白在东鲁寄居了约二十年。天宝五载（746），他南下越中，行前作此诗，向东鲁的朋友告别。所以这首诗的题目又作《别东鲁诸公》。

“梦游”，点明是借梦境来写，未必真有其梦。“天姥”，是山名，在今浙江嵊县东，传说登山的人听到过仙人天姥的歌唱，因此得名。“吟”，歌行体的一种。“留别”，是指临行前留诗告别。“梦游天姥吟”与“留别”是诗题的两个组成部分。这种前半部分歌赋某物，后半部分说明为何而作的格式，是唐诗中常见的题式，不能将“吟”字连后二字读。

句解

海客谈瀛洲，烟涛微茫信难求。越人语天姥，云霞明灭或可睹

海上来的人，谈起东海仙山瀛洲，说它在烟雾波涛中，朦胧缥缈，实在很难寻访。越地的人说起那里的天姥山，在云霞中时隐时现，有时尚可见到。“瀛洲”是一座仙山，传说东海上共有蓬莱、方丈、瀛洲三座仙山。诗人把它和天姥山并提，这是以虚衬实，使天姥山显得神秘，近乎仙境。瀛洲虽是人们向往、寻求的仙境，但终究没有人能见到。而越中的天姥山，却是真实存在的，而且如仙境般美好，这里暗含着诗人对它的向往之情。

天姥连天向天横，势拔五岳掩赤城。天台四万八千丈，对此欲倒东南倾

天姥山高耸入云，连着天际，横向天外，山势高峻超过五岳，更掩蔽了赤城山。与它邻近的天台山，高达四万八千丈，而对着天姥山，就像要向东南倾斜拜倒一样。

诗人用比较和衬托的手法，把天姥山高峻挺拔的样子写得淋漓尽致。先是与天相衬，再与其他的山相比。“赤城”，是山名，在今浙江天台北，因为山上赤石罗列，远看好像红色的城，故得名。“天台山”，在今浙江天台县，与天姥山相对，实际上天台山要更高一些。天姥山虽是越东灵秀之地，但无论气势还是名气，都不如五岳，但诗人偏不遵照真实的逻辑，而是极力夸饰。显然，这是他想象中的天姥山，是他心中奇山峻岭的幻影。

我欲因之梦吴越，一夜飞度镜湖月。湖月照我影，送我至剡溪

天姥山是那样的如仙似幻，气势不凡，诗人动了寻游的念头。他说：根据越人的讲述，我在梦中到达了吴越；一夜之间，我飞过月下的镜湖；月光将我的身影映照在湖中，又把我送到了剡溪。

天清月朗，诗人飘飞在天，从空中下望，只见湖水明澄，明月辉映，身影飘飘，梦中的诗人不正像一位御风而飞的仙人吗？这梦游不正是一次仙游吗？

“镜湖”又名鉴湖，因波平如镜，故名，在今浙江省绍兴市南。梦游的目标是天姥山，镜湖只是路过，所以说是“飞度”。到达剡溪时，也就到了天姥山前。“剡溪”，水名，在今浙江省嵊县南。

谢公宿处今尚在，渌水荡漾清猿啼。脚著谢公屐，身登青云梯

“谢公”，指的是东晋诗人谢灵运。谢喜欢游山，以写山水诗著称，浙江的名山他差不多都到过。谢灵运在登天姥山的时候，曾经在剡溪这个地方住宿过，留下了“暝投剡中宿，明登天姥岑”的诗句。“谢公屐”，指的是谢灵运特制的一种登山用的木鞋，鞋底装有可活动的木齿，上山时去掉前齿，下山时去掉后齿，以便于走山路。

诗人看到，当年谢灵运住过的地方，至今还在，只见清波荡漾，不时听传来猿猴凄清的长啼。他脚穿着谢灵运发明的木屐，开始登山了。那山道又高又陡，人就像攀登在伸入青云间的梯子一样。

半壁见海日，空中闻天鸡。千岩万转路不定，迷花倚石忽已暝。熊咆龙吟殷岩泉，慄深林兮惊层巅。云青青兮欲雨，水澹澹兮生烟

诗人在悬崖半山间见到东海日出，又听到空中天鸡鸣啼。《述异记》：“东南有桃都山，山有大树，名曰桃都，枝相去三千里，上有天鸡，日初出照此木，天鸡则鸣，天下之鸡皆随之而鸣。”在这一片曙色中，诗人已经接近仙境了。

在千回万转的山石之间，道路弯弯曲曲，没有一定的方向。诗人迷恋山花，倚石观赏，忽然发觉天色已晚。从飞渡镜湖到登上天姥山，景物一步步变换，梦境一步步展开，幻想的色彩也一步步加浓。登上山后，诗人看到海日升空，听到天鸡高唱，本是黎明景色；却又忽觉暮色降临，晨昏之变，何其倏忽！至于千岩万转，道路不定，山花烂漫，则又何其迷离恍惚。

正当诗人沉醉其间时，忽然听到熊在咆哮，龙在吟啸，声音大得可怕，不但震动岩泉，而且使茂密的森林为之战慄，层层山峰也为之惊惧。这时候，天色也变了，只见乌云沉沉低垂，似乎快要落雨，水波荡漾，湖面腾起云烟。这样的场景，让人惊惧，叫人不安，预示着有什么事将要发生。

“殷”，盛大，此作动词，兼有充满之义。“层巅”，层叠的山峰。“澹澹”，水波淡荡状。

列缺霹雳，丘峦崩摧。洞天石扉，訇然中开。青冥浩荡不见底，日月照耀金银台。霓为衣兮风为马，云之君兮纷纷而来下。虎鼓瑟兮鸾回车，仙之人兮列如麻

在令人惊悚不已的幽深暮色之中，霎时电光闪闪，雷声隆隆，山丘峰峦崩裂倒塌。仙人洞府的石门，轰然一声从中打开。“列缺”，就是闪电。“洞天”，道家称神仙所居之处。这里作者连用四个四言短句，节奏参差错落，铿锵有力，把天门打开时的雄伟声势，充分地写了出来。

梦境的高潮是仙人盛会。诗人向洞中望去，青天浩荡深远，怎么也望不到底。令人惊奇的是，太阳和月亮交相辉映，一同照耀着神仙居住的金银台。云中的神仙纷纷从天而下，他们穿着彩虹做的衣裳，以风为马，飘然而行。那场面真是壮观啊，只见老虎弹着琴瑟，鸾鸟拉着车驾，仙人成群列队，纵横如麻。

“金银台”，传说中神仙居处。“云之君”，即楚辞中的云中君、云神，这里泛指乘云而下的神仙。仙山的盛会正是人世间生活的反映。这里除了有诗人长期漫游经历过的万壑千山的印象、古代传说、屈原诗歌的启发与影响，也有长安宫廷生活的印迹。

天门打开以前，情景昏暗恍惚，响声惊天动地；天门打开以后，景象光辉灿烂，壮丽非凡。这样，前者就对后者起了烘托作用，在诗的气势上，形成了一个由低沉到高昂的波澜，为神仙的出场渲染了神奇的背景。梦境写到这里，达到了最高点，诗人的想象真是天马行空，无拘无束，使人心往神驰，宛如置身神仙世界。

忽魂悸以魄动，恍惊起而长嗟。惟觉时之枕席，失向来之烟霞。世间行乐亦如此，古来万事东流水

忽然间，诗人感到心惊魄动，从迷离恍惚中一下子惊醒，神仙世界消失得无影无踪，他不免深深叹息。“恍”，觉醒貌。“嗟”，叹。梦幻中的仙境，景色奇美，场面宏大，气氛浓烈，感情炽热。但是好梦不长，诗在梦幻的最高点忽然收住，急转直下，回到现实。仿佛音乐由响彻云霄的高音，一下子转入低音，使听者心情也随着沉静下来。

诗人醒来时只见到身边的枕席，此前烟霞缭绕的仙境全已消失，不禁触景生情，感慨万分：世上行乐之事也同梦游一样，是那样的虚幻；自古以来人间万事就如同东流之水，一去不返。这一深沉感慨中不知包含着诗人对人生的几多失意，他似乎已看破红尘。

别君去兮何时还，且放白鹿青崖间，须行即骑访名山。安能摧眉折腰事权贵，使我不得开心颜

末段因梦而悟，归到“留别”，表明绝意仕途、蔑视权贵、追求个性自由的愿望。他说：我与诸君作别，不知何时回还？我且放任白鹿行走于青崖之间，从容骑着它去访寻名山；我怎能低眉弯腰去侍奉权贵，使我不得开心欢颜！

“白鹿”，传说中神仙所骑的神兽。“折腰”，语出自东晋陶渊明，他说“岂能为五斗米，折腰向乡里小儿”，于是辞去官职，归向田园。李白此诗最后两句，似乎来得很突然。这是有缘由的。诗人在长安只是被当作侍应文人，参与朝政的壮志始终难酬，因而抑郁不平，加之桀骜不驯的性格，招致权贵们对他不断地攻击和排挤，故在诗中吐发愤懑之情。

评解

诗题中已点明“梦游天姥”之意，但天姥山实际上只不过是小山一座，诗人为什么要把它写得那样高，高过五岳，甚至与天相接，横跨天宇？固然，这是诗人的幻想和夸张，但诗人借梦游而夸张其辞，其目的何在？诗题中又有“留别”二字，却并无抒写离怀之意，倒是用十分之八九的篇幅去写恍惚迷离的梦境，这又是为什么呢？

著《唐诗解》的明人唐汝询说：“将之天姥，托言梦游以见世事皆虚幻也。”也有人认为，此诗是留别述情，借述梦而意欲访道求仙，追求光明的世界，并以梦中的仙境为自由、快乐的象征。但诗中梦游一段分明有许多可惊可怖的景象。它开始使人无限神往，初登山时也令人心旷神怡，及至山中时就不完全是赏心乐事了，甚至使人感到阴森恐怖。有人以为，这是在对光明的追求中，伴随着的焦躁与不安，是诗人在访仙求道中被暂时压抑下的悲愤在梦中的反弹。

清代诗人陈沆的解释独出一辙，他说：“太白被放以后，回首蓬莱宫殿，有若梦游，故托天姥以寄意……题曰‘留别’，盖寄去国离都之思，非徒酬赠握手之什。”

由此理解，或可释疑。李白在长安的经历，他自己在《留别广陵诸公》一诗中称之为“攀龙忽堕天”。因事干朝政，语涉禁忌，他不能直书其事，因此不能不借助比兴以言志。诗人借天姥象征朝廷，借梦游象征在长安的经历。入朝从政是他一生的梦想，然而一旦置身朝中，他既有所幻想，又颇感迷惑与失望，乃至悚然可怖。等到离开长安，恍然如梦惊醒。故嗟叹不已，既感慨惋惜，又觉无可奈何，只好自我排遣。由此看来，“留别”一词既有“留赠”之意，也有对长安“痛苦的留恋和凛然地作别”之意。

这首诗是七言古诗，在旧体诗中是比较少受格律约束的一种。李白很善于写七言古诗，大概是由于此诗体流畅自然的特点，更适合于表现他豪迈奔放的思想感情。奇谲的想象力、高度的夸张和对比手法，是此诗主要的艺术特色。句法的变化也极富创造性。全诗以七言为主，杂以四言、五言、六言、九言，并参用骚体和辞赋，既灵活多变，又浑然一体，为一条感情发展的脉络所贯穿，随着感情的起落，诗句有长有短，节拍有急有缓，“虽千变万化，如珠之走盘，自不越乎法度之外”。

闻王昌龄左迁龙标遥有此寄

杨花落尽子规啼，

闻道龙标过五溪。

我寄愁心与明月，

随君直到夜郎西。

【题 解】

比起李白许多众口流传的诗歌来说，这首七言绝句的题目就显得比较陌生了。古人以右为尊，故称贬官为左迁。“龙标”，今湖南省黔阳县。

王昌龄是盛唐诗坛著名诗人，当时即名重一时，但流传下来的个人资料很少。王的诗多是易于入乐的七绝，对此用力最深，成就最高，后代称为“七绝圣手”。他曾被贬谪岭南，途经湖南岳阳时，作《巴陵送李十二》赠李白。后来，王昌龄又被贬为龙标县尉。《唐才子传》说他“晚途不矜小节，谤议沸腾，两窜遐荒。”《新唐书·文艺传》说他是“不护细行”，也就是说，他的得罪贬官，是由于生活小节不够检点。李白在听到王被贬龙标后，写了这首诗远道寄给他，对他寄予深切的同情。

闻王昌龄左迁龙标遥有此寄 诗意图　孙文铎 绘

句解

杨花落尽子规啼

杨花落尽了，子规鸟儿不住地在哀啼。杨花，历来就给人一种飘忽不定的感觉。子规，就是杜鹃鸟。杜鹃鸟一般出现在暮春时节，常常夜啼，其声被形容为“不如归去”。在传统诗文中，杜鹃鸟是乡愁的象征。另外，据神话传说，古代蜀国望帝杜宇，因皇位遭到篡夺，被迫逃往西山，他思图复位，但未得成功，最后郁郁寡欢走完人生终点。传说其冤魂化为杜鹃，夜夜悲鸣。杜鹃口赤，带红色。在古代诗文中，有杜鹃啼血之说，说是因哀伤过度，常常啼到血流不止。不管是有冤屈、或是哀怨、或是有家归不得的乡愁，杜鹃都寓托着一种悲情感人的意象。

由此看来，首句不仅写景，点明时令，而且景中寓情。在暮春无数明媚的景致中，诗人单独挑选漂泊无定的杨花和泣血悲鸣的子规，是有深意的，其飘零之感、流离之恨，跃然纸上，令人悲从中来。因此，诗人并不单纯是描写当时眼见之景和耳听之声，而是“先言它物以引起所咏之词”。

闻道龙标过五溪

诗人接着直叙其事：听说你遭贬了，被贬到龙标，一路上要经过辰溪、西溪、巫滨、武溪和沅溪。“闻道”，点出了诗人对王被贬的惊惜之情。“五溪”，均在湖南省西部，当时被视为荒山恶水。而龙标还在五溪之外，足见迁谪之荒远，路途之艰难孤苦。这一句不着悲痛之语，而悲痛之意自见。

我寄愁心与明月

朋友被贬远走，自己无能为力，只有将一腔同情与忧愁之心，托付给天上的明月。诗人撇开同情王昌龄去龙标的思路，掉转笔锋写自己的愁绪。明月历来是文人笔下怀远思亲的象征。人隔两地，难以相从，而月照中天，千里可共，因此诗人寄情明月，赋之以人情美。同时表明自己心中充满愁怅与忧思，但无处相诉，惟明月可鉴。

随君直到夜郎西

诗人寄心明月，希望伴随着友人一直到夜郎以西。唐有二“夜郎”，一在今贵州桐梓县一带，一在今湖南境内。这里泛指湖南西部和贵州一带地区。这一句也作“随风直到夜郎西”。“风”“君”二字，各具其妙。“随风”，千里吹度，情致颇为悠远；“随君”，意谓愁心像一片月光，悄然地照临着友人，情意缠绵而深挚。何者是诗的本字，殊难判定，但不论用哪个字，都一样真切动人。

评解

本诗首句起兴，第二句叙事，最后两句写情。诗人通过丰富的想象，给予抽象的“愁心”以物的属性，同时将无知无情的月人格化，这是诗歌创作中常用的一种艺术手法。如曹植《七哀》“愿为西南风，长逝入君怀”，齐澣《长门怨》“将心托明月，流影入君怀”。李白可能融用其意。

我们不知道李白的这首诗是否寄到，但从王昌龄的一些诗作中窥见了一点消息。王在《夜宴龙标》中写道：“沅溪夏晚足凉风，春酒相携就竹丛。莫道弦歌愁远谪，青山明月不曾空。”在《送柴侍御》中，他写道：“沅水通波接武冈，送君不觉有离伤。青山一道同云雨，明月何曾是两乡。”看来，在明月清风中，王昌龄终究得到一些精神上的慰藉。

答王十二寒夜独酌有怀

昨夜吴中雪，子猷佳兴发。
万里浮云卷碧山，青天中道流孤月。
孤月沧浪河汉清，北斗错落长庚明。
怀余对酒夜霜白，玉床金井冰峥嵘。
人生飘忽百年内，且须酣畅万古情。
君不能狸膏金距学斗鸡，坐令鼻息吹虹霓。
君不能学哥舒，横行青海夜带刀，西屠石堡取紫袍。
吟诗作赋北窗里，万言不值一杯水。
世人闻此皆掉头，有如东风射马耳。
鱼目亦笑我，谓与明月同。
骅骝拳跼不能食，蹇驴得志鸣春风。
折杨黄华合流俗，晋君听琴枉清角。
巴人谁肯和阳春，楚地犹来贱奇璞。
黄金散尽交不成，白首为儒身被轻。
一谈一笑失颜色，苍蝇贝锦喧谤声。
曾参岂是杀人者，谗言三及慈母惊。
与君论心握君手，荣辱于余亦何有？
孔圣犹闻伤凤麟，董龙更是何鸡狗！
一生傲岸苦不谐，恩疏媒劳志多乖。
严陵高揖汉天子，何必长剑拄颐事玉阶。
达亦不足贵，穷亦不足悲。
韩信羞将绛灌比，祢衡耻逐屠沽儿。
君不见李北海，英风豪气今何在！
君不见裴尚书，土坟三尺蒿棘居！
少年早欲五湖去，见此弥将钟鼎疏。

答王十二寒夜独酌有怀 诗意图 高民生 绘

【题 解】

此诗大约作于唐玄宗天宝八、九载。此时，李白被迫离开长安已经五年。初出长安时，诗人虽有不平之鸣，在其后来诗歌中也时时表露出弃世远遁之心，但他仍然心系朝廷，忧念时局。

这首七言古诗，题意是说王十二寄来《寒夜独酌有怀》诗，今以此作答。王十二，生平不详，十二为排行。诗中反映了安史之乱动荡前夕，唐王朝贤愚颠倒、远贤亲佞的黑暗现实，以及志士仁人的愤懑不遇之情，在其佯狂放诞的歌咏背后隐藏着深沉的时代悲感。此诗可谓李白作品中最具代表性的政治抒情诗之一。

句解

昨夜吴中雪，子猷佳兴发。万里浮云卷碧山，青天中道流孤月。孤月沧浪河汉清，北斗错落长庚明。怀余对酒夜霜白，玉床金井冰峥嵘

昨夜吴中一带下起了大雪，子猷佳兴大发。诗一开始，李白便借用典故，描写王十二寒夜独酌、怀念自己的情景。子猷，即晋朝的王徽之。《世说新语·任诞》："王子猷居山阴，夜大雪，眠觉开室，命酌酒，四望皎然，因起彷徨，咏左思《招隐诗》，忽忆戴安道，即便夜乘小船就之。经宿方至，造门不前而返。人问其故，王曰：'吾本乘兴而行，兴尽而返，何必见戴？'"王十二与王子猷同姓，同在雪夜怀友，情境相似。戴安道与王子猷都是当时的名士，用这个典故，也有表明诗人自己与王十二品格高洁的意思。

接下来是六句景语。本来天空布满了浮云，但后来万里浮云席卷过碧山，只见湛湛青天上，一轮孤月在中天缓缓移动。月色清冷，银河清澄，北斗七星参差错落，太白星分外明亮，给人夜凉如水之感。皎皎月光下，满地夜霜，一片晶莹明净；井和井栏如金似玉，四周的冰也嶙峋奇突，寒气凛冽。就在这幽峭高旷、冰清玉洁的环境中，王十二对酒怀人欣然赋诗。

这是诗人设想王十二怀念自己的情景。佳境佳兴，景真情真，好像王十二就出现在面前。"中道"：指孤月潜移，已至中天。"流"，状月之移，如物之随水浮动。"沧浪"，寒冷，清凉。"长庚"，即太白金星。"床"，井边的栏杆。

人生飘忽百年内，且须酣畅万古情

正是在这不容半点污垢的环境里，诗人顿起感慨：人生有限，不过是飘忽百年，你我暂且畅饮眼前之酒，来排遣那万古之愁吧。这两句是上下文的过渡。上文旷远明净的景色，正与下文喧嚷污秽的现实形成鲜明对照。

君不能狸膏金距学斗鸡，坐令鼻息吹虹霓。君不能学哥舒，横行青海夜带刀，西屠石堡取紫袍。吟诗作赋北窗里，万言不值一杯水。世人闻此皆掉头，有如东风射马耳

“君”，既是指王十二，也是自指。“狸膏”，狐狸油。因为狐狸能捕鸡，斗鸡时以狐狸油涂在鸡头上，令对方的鸡闻到气味就畏惧后退。“金距”，套在鸡爪上的金属芒刺，使鸡爪更锋利。“坐”，因此。

玄宗好斗鸡，王凖、贾昌都以斗鸡术获得宠幸，显赫一时。诗人说：那些受宠得势的斗鸡徒，鼻子出一出气就能吹动虹霓，骄奢的气焰真是直上云霄啊，但你我都不能以斗鸡术取悦皇帝；也不能像哥舒翰那样夜晚带刀驻守青海，靠攻破石堡城取得高官。

“哥舒”，指哥舒翰。据《旧唐书》，王忠嗣不愿以数万人之命易一官，而“几陷极刑”，罢官后，为哥舒翰所代。天宝八载（749），哥舒翰不惜伤亡惨重，攻克吐蕃石堡城，以功封特进鸿胪员外郎摄御史大夫。“紫袍”，唐三品以上官员服紫袍。

虽云“不能”，实“不愿”、“不屑”也。诗人疾笔如枪，直指无才无德、谄佞媚上的斗鸡之徒，或是邀功取赏、迎合玄宗好大喜功心理的悍勇之将，两种人物得势并非偶然，正是“上有所好”的结果。前者趾高气扬，后者不恤士卒，而皆权势倾天，炙手可热，透露出时代的病态和潜在危机。

接下来四句，转写才人志士的悲愤落寞。俯首北窗，吟诗作赋，洋洋万言竟然不值一杯水。世人对于他们的才华不屑一顾，有如飘风过耳一般毫不在意。“东风射马耳”，马耸着耳朵，风吹不进，比喻听不入耳。这可能是当时的习语。“射”，吹的意思。

既不愿迎合时俗，又不能接济天下，世人更是不屑一顾，诗人只有空负了锦绣文章、诗赋才华。当权者气焰冲天，有才者失志落寞，一冷一暖，一荣一辱，对比之中，当可见到诗人悲愤交集之心情。此明为王十二鸣不平，实亦鸣己之不平，为全诗主旨所在。

鱼目亦笑我，谓与明月同。骅骝拳跼不能食，蹇驴得志鸣春风。折杨黄华合流俗，晋君听琴枉清角。巴人谁肯和阳春，楚地犹来贱奇璞

诗人连用数对比喻，笔锋直指贤愚颠倒、是非不分的社会现实。你看，那些鱼目一般的庸才也讥笑于我，又恬不知耻地自诩和稀世明珠等同；骏马有志，不得舒展，跛驴却在春风中得意地鸣叫。庸人鱼目混珠，扬扬自得；贤才无人欣赏，不得其用。两相对照，效果分外鲜明。

“明月”，珍珠名。“骅骝”，良马，比喻贤人。“蹇驴”，跛驴，比喻小人。“拳跼，曲而不伸之意。“璞”，包着玉的石头，此用以比喻被埋没的人才。

接着，诗人指出造成贤愚颠倒的原因是统治者无德无识。写他们目不明，用了和氏璧的典故；写他们耳不聪，用了曲高和寡的典故。他说：《折杨》、《黄华》这种流行的曲调颇能符合俚俗之人的口味，才德浅薄的晋君不配听《清角》这样苍凉悲壮的乐调；能唱《下里巴人》曲子的凡俗之人，谁能唱和高雅的《阳春白雪》曲呢？何况楚国人向来不懂得识别稀世的璞玉。

“折杨”二句谓曲高和寡，贤能之士不被任用。“折杨”、“黄华”，都是古代流行的通俗乐曲。“清角”，是古代的悲壮乐调，据说只能演奏给有才德的人听。据《韩非子·十过》记载，晋平公德薄，却强迫音乐家师旷为他演奏，结果风雨大作，裂帷破幕，屋瓦飞散。平公受惊得病，晋国也大旱三年。“巴人”，即《下里巴人》，古代一种比较通俗的曲调。“阳春”，即《阳春白雪》，古代一种比较高雅的曲调。前者通俗，能唱之者多；后者调高，能和之者少。这里借指自己才德很高，知音却少。接下来用楚人卞和献玉的故事指责玄宗不能鉴识人才。据《韩非子·和氏》，楚人和氏得玉璞于楚山中，献给楚厉王，后又献给楚武王。二人皆不识良玉，反诬和氏欺诳，分别砍去了他的左右两足。楚文王即位之后，始命玉工开凿璞玉，发现其中的宝玉乃稀世珍宝，于是名为“和氏璧”。“犹来”，即从来，由来。

黄金散尽交不成，白首为儒身被轻。一谈一笑失颜色，苍蝇贝锦喧谤声。曾参岂是杀人者，谗言三及慈母惊

我一向轻财好施，最后只落得千金散尽，知交零落，临老也只是一个遭人轻视的读书人。谈笑之间，稍有不慎，就会被苍蝇一般龌龊的小人罗织罪名，巧言诽谤。曾参怎么会去杀人呢？可他的母亲听到别人三进谗言就已经大惊失色，产生怀疑。

这是诗人抒写遭人谗毁的悲愤。《诗·小雅·青蝇》：“营营青蝇，止于樊，

岂弟君子，无信谗言。”苍蝇污秽，变白为黑，比喻谗人颠倒是非。“贝锦”，有花纹的贝壳，比喻花言巧语。《诗经·小雅·巷伯》：“萋兮斐兮，成是贝锦。彼谮人者，亦已太甚。”此谓诗人动辄得咎，谤声四起。人言可畏，小人的馋毁，使信任自己的人也发生动摇。曾参，春秋时鲁国人，孔子的门徒。曾参在郑国时，有与曾子同名姓者而杀人，别人告诉他的母亲；他的母亲正在织布，不相信自己的儿子会杀人，安坐不动，神态自若地织布；但接着又有两个人告诉她同样的消息，其母疑惧，投杼下机，逾墙逃走。

然而，就在诗人身受挫折之时，仍旧保持了相当的自信和傲岸之气，对于自己的才华深信不疑；对于庸才，嬉笑怒骂；对于统治者，一针见血，直斥其弊。

与君论心握君手，荣辱于余亦何有？孔圣犹闻伤凤麟，董龙更是何鸡狗！一生傲岸苦不谐，恩疏媒劳志多乖

自此至诗篇结尾，慨言荣辱穷达，皆不足论道。诗人说：握着你的手啊和你推心置腹，荣辱之事对于我来说又算得了什么呢？孔子尚且为凤鸟不至、麒麟被获而伤感叹息，那董龙之类的鸡鸣狗盗又算是什么东西！你我为人傲岸不同流俗，君主恩情渐疏，引荐之人也徒费苦心，我们心中的志向大多不能实现。

“孔圣”，指孔丘。古人认为凤凰和麒麟是祥瑞之物，太平时才出现。孔子曾为凤鸟不至而哀叹，又为麒麟被获而悲伤，以为自己生逢乱世，政治理想无法实现。孔圣人尚且如此，何况自己呢？

诗意至此，忽又跳宕转折，由强自宽解转为愤激不平，不禁大声怒斥如董龙之辈的奸邪小人。“董龙”，北朝秦主苻生宠臣董荣，小字龙。据《晋书·苻生传》，宰相王堕性情刚毅，对董荣疾之如仇，上朝之时，不屑搭理他。有人劝其敷衍一下，他说：“董龙是何鸡狗？而令国士与之言乎！”最后王堕被董龙残杀。此处是以董龙暗指玄宗所宠幸的近臣。

继而，诗人又慨叹自己性情傲岸，卓尔不群，以至多逢遭不幸，坎坷终身。“不谐”，指不能随俗。“乖”，违反，指事与愿违。

严陵高揖汉天子，何必长剑拄颐事玉阶。达亦不足贵，穷亦不足悲。韩信羞将绛灌比，祢衡耻逐屠沽儿

东汉的隐士严陵见了光武帝只是长揖而不行君臣下拜之礼，我们又何必佩带长剑，在宫廷中侍奉皇帝呢？仕途显达不足珍视，仕途潦倒也不必悲伤。当年韩信羞与绛侯周勃、颍阴侯灌婴等列，祢衡更耻于和屠宰卖酒者为伍。

严陵，即东汉隐士严光，字子陵，曾与光武帝刘秀同学。刘秀做皇帝后，严光隐居。帝亲访之，严不受其命，始终以朋友之礼相待。“长剑拄颐”，佩剑长可触及面颊。“事玉阶”，在皇宫的玉阶下侍候皇帝。韩信，汉初大将，开国功臣。楚汉战争期间，曾被封为齐王。汉王朝建立后，改封楚王，后降为淮阴侯。《史记 · 淮阴侯列传》载，韩信降为淮阴侯后，常称病不朝，羞与绛侯周勃、颍阴侯灌婴等列。祢衡，汉末辞赋家。《后汉书 · 祢衡传》载，祢衡少有才辩，而气尚刚毅，矫时慢物。他来到许都，有人问他与陈长文、司马伯达有无来往。他回答说：“吾焉能从屠沽儿耶！”“屠沽儿”，以屠宰和卖酒为业者，古代士大夫阶层以其为贱业，故轻视之。

这里，诗人自比严陵、韩信、祢衡等才志之士，重申不愿与群丑同列。其情如长江大河，自由奔泻，有浪涛奔涌之美。

君不见李北海，英风豪气今何在！君不见裴尚书，土坟三尺蒿棘居！少年早欲五湖去，见此弥将钟鼎疏

你不见北海太守李邕，他的英雄风姿如今何在？你不见尚书裴敦复，他的坟墓上已经长满了荆棘蒿草！

李北海，即李邕。裴尚书，即裴敦复，唐玄宗时任刑部尚书。李、裴皆当时才俊之士，天宝六载（747），二人遭奸相李林甫的嫉恨，被捏造罪名，惨遭杖死，天下冤之。由此可见朝政之黑暗，时局之混乱。诗人把他们的遭遇作为贤愚颠倒、是非混淆的例证提出来，这种襟怀磊落、放言无忌的精神，给诗歌披上了一层夺目的光彩。

诗人似乎要决意浪迹江湖，远离这豺狼当道、魑魅搏人的现实。他说：我少年时就想效仿范蠡，泛舟五湖，如今见此情境更要弃绝那钟鸣鼎食的富贵生活。“五湖”，太湖及其周围的四个湖。“五湖去”，是借春秋时越国大夫范蠡功成身退，隐居五湖的故事，说明自己自少年时代就有隐居之志。“弥”，更加。“钟鼎”，鸣钟列鼎而食，形容贵族人家的排场，这里代指富贵。

诗人早年曾经说过，“事君之道成，荣亲之义毕，然后与陶朱、留侯，浮五湖，戏沧洲。”但他的归隐有一个前提，就是须待“事君之道成，荣亲之义毕”。现在，既然还没能做出一番轰轰烈烈的事业来，当然也就不会真的去归隐。所谓“泛五湖”、“疏钟鼎”，只不过是他发泄牢骚和不满的愤激之词。

评解

这篇长达五十一句的杰出之作，以议论式的独白为主，重在揭示内心世界，刻画诗人的自我形象，具有鲜明的个性特点。此诗已不见李白其他诗作中那种神游物外、飘逸潇洒的神采，而是充满了傲岸心灵在现实中呐喊挣扎的痛苦愤懑之情。同时，由于诗人对生活观察的深刻和特有的敏感，使这首诗反映了安史之乱大动荡前夕，李唐王朝政治上贤愚颠倒、远贤亲佞的黑暗现实。全诗体式自由，用五七言歌行，句式参差错落，杂以大量典故和生动比喻，使议论以形象出之。从头至尾，激情喷涌，行文如挟海上风涵，具有排山倒海的气势，读之使人心潮难平。

宣州谢朓楼饯别校书叔云

弃我去者，
昨日之日不可留。
乱我心者，
今日之日多烦忧。
长风万里送秋雁，
对此可以酣高楼。
蓬莱文章建安骨，
中间小谢又清发。
俱怀逸兴壮思飞，
欲上青天揽明月。
抽刀断水水更流，
举杯销愁愁更愁。
人生在世不称意，
明朝散发弄扁舟。

宣州谢朓楼饯别校书叔云 诗意图 徐震时 绘

【题 解】

大约是天宝十二载（753）的秋天，李白客居宣州不久，他的一位故人李云行至此，李白陪他登楼，设宴送行，作此诗。宣州，州治在今安徽宣城市，属皖南地区。这里有一处古迹，称谢朓楼，又称北楼、谢公楼，是南齐诗人谢朓任宣城太守时所建。李白曾多次登临，并写过一首《秋登宣城谢朓北楼》。李白要送行的李云，是当时著名的古文家，任秘书省校书郎，负责校雠图书。李白称他为叔，但并非族亲关系。李云又名李华，天宝十一载任监察御史。据考证，这首诗的题目又作《陪侍御叔华登楼歌》。

句解

弃我去者，昨日之日不可留。乱我心者，今日之日多烦忧

诗人与在朝中任职的故人相见，少不了谈谈个人往事与近况，议论一下时政。此时的他，骚动不安的心绪一触即发，发而不可抑止。因此，诗一开头就平地突起波澜，宣泄郁积已久的强烈精神苦闷：弃我而去的昨天呵，已不可挽留；扰乱我心的今天呵，太多烦忧。

李白自从天宝三载（744）离开唐玄宗后，又开始了漫游生活，直到天宝十四载（755）安史之乱爆发。他游历山水，结交人物，求仙访道，纵情诗酒，过着看上去很闲适的生活，其实内心是很苦闷的，因为他在政治上找不到出路。现在，李白的理想和性格依旧，但已年过半百。他看到了唐朝的危机，“君失臣兮龙为鱼，权归臣兮鼠变虎”，皇帝重用的人，正是后来历史上所说的一些奸臣。安史之乱正在酝酿中。因此，弃诗人而去的，不仅是过去的岁月，也包括曾经的得意生活，还有欣欣向荣、带给人们无限希望的开元盛世那样的局面。同样，让诗人烦忧的，不仅是当前个人状态，还指渐趋衰乱、暗伏危机的时局。诗人既感到“功业莫从就，岁光屡奔迫”，又觉得怀才不遇，报国无门，还表示了对现实的不满与担忧。

我们还应理解，像李白这样的天才诗人，内心应该是极其复杂的。他是诗人，是游侠，是酒仙，一会儿想做策士，一会儿又想当隐士。龚自珍曾说：“儒、侠、仙实三，不可以合，合之以为气，又自白始也。”

长风万里送秋雁，对此可以酣高楼

李白与朋友抚今思昔，不胜感慨，然而很多话也只是点到为止，牢骚苦闷也不可能没完没了，所以诗人笔锋一转，就眼前景说眼前事。他凭风而立，只见天高地远，浩浩长风，不远万里，送秋雁南飞。心胸不由开阔了许多，不由激起一醉方休的兴致。于是说道：面对这样的景致，我们正可以在高楼上开怀畅饮。

这两句从极端苦闷转到开朗壮阔、自由驰骋的境界，使人感到一种心、境契合的舒畅。

蓬莱文章建安骨，中间小谢又清发

李白和李云，一个是诗坛巨星，一个是文章大家，两人饮酒谈心，免不了谈诗论文。他们谈到汉代文章，评论建安风骨，中间还称道谢朓，说他的诗清新自然。

“蓬莱”是海中仙山，传说仙府典籍秘录均藏于此。东汉中央校书处东观藏书极多，当时学者称东观为道家蓬莱山。这里是用“蓬莱文章”代指汉代的文章。“建安”，东汉末献帝的年号。当时曹操三父子和孔融、王粲等“七子”，在诗歌创作上开创了一个相当繁荣的局面，后世称为“建安时期”。其诗歌具有悲歌慷慨和刚健清新的特点，后世称为“建安风骨”。小谢，即谢朓。谢朓（464～499）和谢灵运（385～433）同族，都以山水诗见长，世称“二谢”，唐代时称谢灵运为大谢，谢朓为小谢。

有人认为，这两句诗是李白借以自许，如唐汝询《唐诗解》说：“子（李云）校书蓬莱宫，文有建安骨；我（李白）若小谢，亦清发多奇。”

李白主张诗要自然天成，说：“清水出芙蓉，天然去雕饰。”对六朝文学，他批评道：“自从建安来，绮丽不足珍。”他反对的是那种绮丽浮艳的文风，对一些诗人还是比较推重的，尤其是谢朓。谢朓的诗清新隽永，遣词自然，音韵和谐，如李白所说，具有“清发”的特点，也就是清新秀发；秀发就是草木欣欣向荣的样子。杜甫说“谢朓每诗篇堪诵”，一些名句如：“大江流日夜，客心悲未央”；“余霞散成绮，澄江静如练”；“天际识归舟，云中辨江树”；“朔风吹飞雨，萧条江上来”；“鱼戏新荷动，鸟散余花落”；等等。谢朓在当世就享有盛名，萧衍说：“三日不读谢诗，便觉口臭。”谢朓曾出任宣城太守，其流传至今的诗歌，大多是宣城时期流传下来的，所以后人又称谢朓为“谢宣城”。李白在宣城期间，经常游赏谢朓旧迹，并挥毫抒怀，如“谁念北楼上，临风怀谢公”，“我吟谢朓诗上语，朔风飒飒吹飞雨”，等等。李白诗中引用、点化其诗多达十余处。所以清人王士稹在《论诗绝句》中说，李白“一生低首谢宣城”。

俱怀逸兴壮思飞，欲上青天揽明月

李白临风把酒，纵论古今，酒酣兴发，飘然欲飞。他说：我们都满怀豪情逸兴，雄心飞扬，直想飞上青天，去摘下那一轮明月。

面对的是秋空晴昼，想到的却是登天揽月，足见其豪放飘逸之情。“揽”，极度夸张而又显得轻巧自如。不知诗人上天揽月是否有所寄托，但青天、明月给人的感觉无疑是明净、皎洁的，不应有黑暗与污浊；是广阔无边、自由自在的，不应有喧嚣与纷扰，因此，可以见出诗人对朗朗乾坤、对理想自由境界的向往追求。

抽刀断水水更流，举杯销愁愁更愁

诗人刚才还忘乎所以，现实中的污浊仿佛一扫而光，心头的烦忧也都抛向九霄云外。然而，当这种昂扬情绪达到最高潮后，诗人仿佛一下子从天上掉到地上，从翘首仰望变成低眉垂眼，情绪一落千丈。他尽可以在幻想中遨游驰骋，但又怎能摆脱现实的纷扰。理想与现实的矛盾，使他的精神如此苦闷。他想要排遣，却怎么都难以解脱。就像抽刀去斩流水，水不但没有被斩断，反而流得更急；想要举杯喝酒，一醉解千愁，但只是激起更多的忧愁。

这两句不仅自然生动，具有生活气息，而且富于哲学的思辨意味。

人生在世不称意，明朝散发弄扁舟

此时，诗人不再意气高扬，话语滔滔，他似乎陷入沉默与思考，发出了长长的叹息：人生在世，是这样的不称心如意，不如明天就披散了头发，乘一叶小舟去泛游江湖。李白一心要“济苍生”，“安社稷”，他所最“不称意”的，乃是报国无门，壮志难酬。

古时男子束发，读书人还要戴一种专用帽子，称为“头巾”。“散发”，就是披散头发，表示闲适自在，意指不想做官而去过隐逸生活。找不到出路，就寄情山水，寻求精神解脱，这是古代知识分子失意时最常见的想法和做法。不过，李白并非真的要无所作为。他晚年流放归来，在六十一岁时仍壮心不已，请缨杀敌，只是因病而半道返回。因此，这两句实为无奈忧愤之语。

评解

宋人评论李白和杜甫的诗说："杜诗思苦而语奇，李诗思疾而语豪。"这首诗几乎每一句都是流传千古的名句。诗歌的跳跃性也是极强的，往往一波未平，一波又起，在开阖动荡中坦露变幻无常的感情活动。贯穿在这些飞跃之中的，不是生活的逻辑，而是情感的踪迹。诗虽极写烦忧苦闷，却并不阴郁低沉。只有像李白那样，既有阔大的胸襟抱负、豪放坦率的性格，又有高度驾驭语言的能力，才能达到豪放与自然和谐统一的境界。

独坐敬亭山

众鸟高飞尽，
孤云独去闲。
相看两不厌，
只有敬亭山。

【题 解】

天宝十二载（753），李白南下宣城。行前，有诗《寄从弟宣州长史昭》，其中说道："尔佐宣城郡，守官清且闲。常夸云月好，邀我敬亭山。"

自十年前放还出翰林，李白长期漂泊，因怀才不遇一直抑郁不平。身心的疲惫，需要得到慰藉。在宣城期间，他寄情山水，写下了很多诗篇，《独坐敬亭山》即是其一。

敬亭山在宣州（今安徽宣城）境内，宣州是六朝以来的江南名郡。南朝著名诗人，人称"小谢"的谢朓在这里当过太守，他是李白心仪的诗人。宣城东北有秀丽的敬亭山，风景幽静秀丽；山上旧有敬亭，为谢朓吟咏处。

独坐敬亭山 诗意图 陈惠冠 绘

句解

众鸟高飞尽，孤云独去闲

众多的鸟儿都已高飞远去，不见踪影。仅有的一片孤云，也独自悠闲离去。“众鸟”，是概括无遗的说法，加上一个“尽”字，意即所有的鸟都各有其去处，惟独诗人自己，只能望空兴叹。“众鸟”是凡俗之物，去便去吧。“孤云”，常与隐士为伴，本是漂泊无定之物，与诗人飘蓬般的身世有些相似，然而，正当诗人要注目寄情于它的时候，它竟也飘然而去。这两句表面上是写眼前见到的景色，其实是诗人借以表达自己的主观心境，衬托自己的孤独。鸟雀的鸣叫声消失之后，敬亭山中更显安静；孤云从天空中远去之后，敬亭山上更显清幽。天地间似乎一空如洗，只剩下寂然独坐的诗人。

李白《春日独酌》“其一”有句曰：“孤云还空山，众鸟各已归。彼物皆有托，吾生独无依。“其二”有句曰：“长空去鸟没，落日孤云还。但恐光景晚，宿昔成秋颜。”正可视为《独坐敬亭山》前两句的注脚。这种心境，大概是因岁月蹉跎、志向无成，一身无所依归造成的。

相看两不厌，只有敬亭山

偌大的天地间，诗人果真孤独无相亲吗？不！在彼此的注视中，怎么看也看不够的，只有他和敬亭山。

诗人久久独坐，凝视着山，山也仿佛注视着人，不必说什么，只觉感情投契，心意相知。中国古代文人在不得意时，往往寄情山水，寻求心理慰藉。寻常人也有这样的体会，投入自然常能令人愉悦，尤其是身心疲惫时。

面对现实，诗人落落寡欢，倍感孤寂。面对敬亭山，他暂时远离尘世，忘怀得失。他的内心得到了片刻宁静，不再痛苦，不再躁动，精神似乎已有归依。诗人没有对眼前风景作任何具体描写，因为他的本意仍在表现自己的心境，在抒情。他所抒发的，是在自然中得到慰藉、在孤独中寻到知己的心情。

向大自然寻找慰藉，虽然能得到暂时的宁静，但是一旦回到尘世呢？从“只有”二字，我们似乎感觉到诗人的言外之意，也更加领会到他内心的深深孤独。

评解

诵读全诗，“静”是全诗的血脉。这首平淡恬静的诗之所以如此动人，就在于诗人的思想感情与自然景物高度融合，从而创造出一种“寂静”的境界，无怪乎沈德潜在《唐诗别裁》中要夸这首诗是“传‘独坐’之神”了。

秋浦歌

白发三千丈，
缘愁似个长。
不知明镜里，
何处得秋霜。

【题解】

秋浦在今安徽省贵池县西，大约在天宝十二载（公元753），李白漫游来至此。逗留期间，他以《秋浦歌》为名，写了一组五言诗，共有十七首。这里选的是其中的第十五首。诗人用极其夸张的手法，写自己内心深长的愁绪。

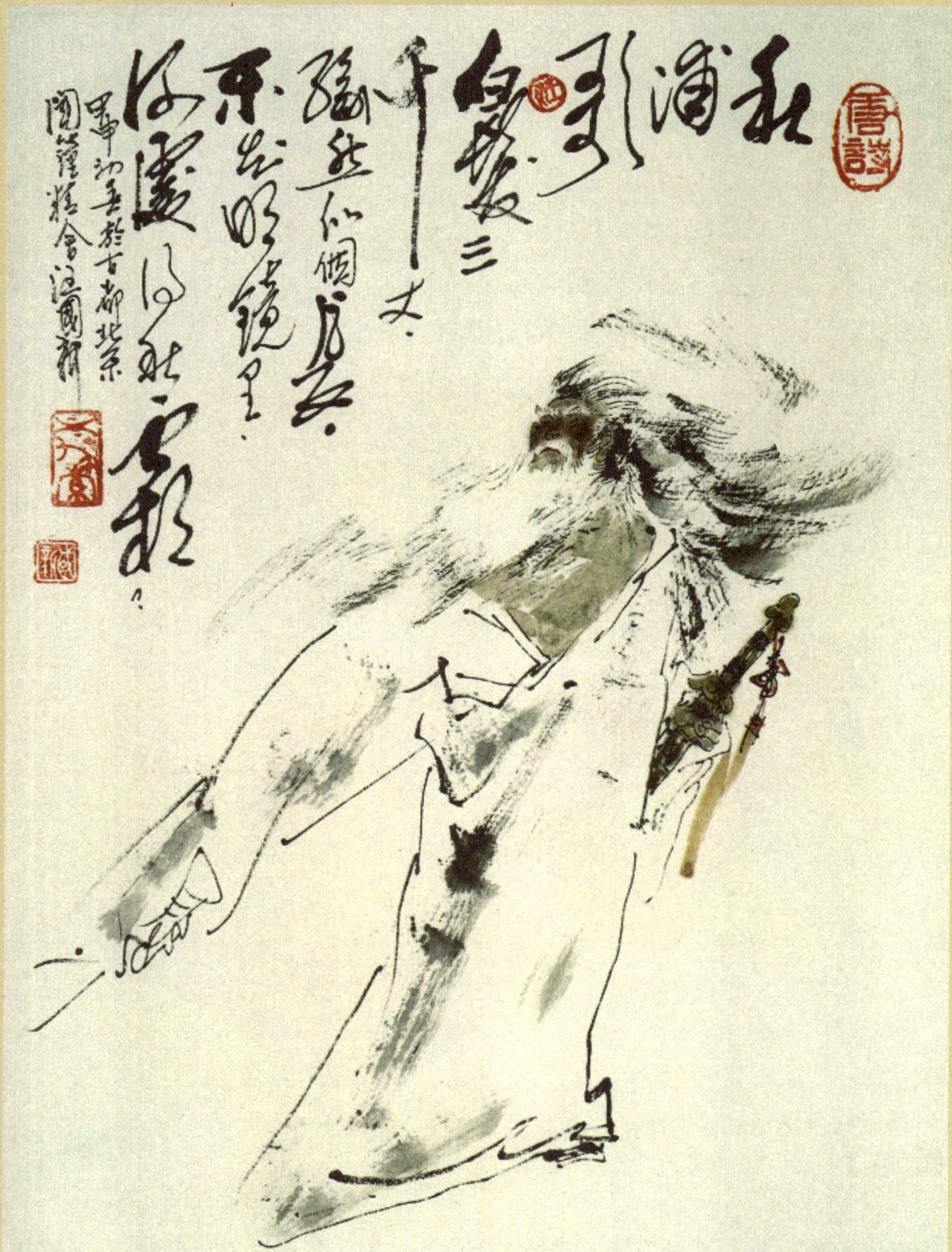

秋浦歌 诗意图　汪国新 绘

句解

白发三千丈，缘愁似个长

诗人对镜，乍见增添了许多白发，只觉触目惊心，不禁惊呼：我的白发长达三千丈，只因为忧愁是这样的长。写这首诗的时候，李白已经五十多岁。在此以前，他就多次感叹过白发早生，未必真是那样，但现在的确是发白的年纪。但这仅仅是岁月催人老吗？我们知道，忧愁、焦虑也是与白发联系在一起的。最著名的是伍子胥的故事，因为过不去昭关，一夜之间，头发竟然全愁白了。诗人呢，他的白发也是因愁而生，因愁而长。而长达三千丈，显然是夸张，其长如此，可见愁思该有多么深重。这一句自答，语势跌落，情绪转为悲凉。我们仿佛看到独坐愁城的诗人，在沉重的叹息声中，无力地低下了白头。“缘”是因为的意思，“个”是这样的意思。

古诗里写愁的取譬很多，如李颀：“请量东海水，看取浅深愁”，是以水喻愁。李白随手拈来，以白发来写，本也寻常，但以“三千丈”之长喻愁之深重，则不仅新奇，而且发因愁白，二者之间有着紧密的联系，因此也就十分妥贴。看似不近情理，实则是兴中有比，意味更长，让读者一下心领神会，过目不忘。

大凡高度的夸张，究其实，都不是单纯出于奇想，而有着深厚的思想感情内涵。诗人之愁如此，是缘于什么呢？到秋浦时，李白离开长安已经快十年了。这期间，他漫游天下，四海为家，其中不乏痛快欢畅的时候。不过，他在秋浦时的心情并不太好，在《秋浦歌》组诗中多有反映。如第六首“愁作秋浦客，强看秋浦花”，连观赏秋色也要强打精神。诗人年过半百，功业无成，在那朝政日趋令人心忧的年代，他自觉个人前途越来越没有希望，却始终不肯放弃辅佐君王、大济苍生的理想。理想和现实的冲突愈来愈尖锐，诗人怎能不颜色改易，愁肠千转！更何况，除了个人际遇之外，他还在为国家的命运担忧。此前不久，他北上幽州，看到大乱将起的种种迹象，却无可奈何。忧愁时时在心，只不过因见白发而大动感情，大加感慨。

不知明镜里，何处得秋霜。

在发出一声浩叹之后，诗人笔锋突转，提出疑问：不知明亮的镜子中，从哪里得来的一片秋霜？秋霜色白，代指白发，似重复却又不重复，因为它具有忧伤憔悴的感情色彩。这两句好像平地又起一层波澜，诗人再次对镜自照，好像不相信镜中人就是自己。那白发是从哪里得来的？自二十多岁出蜀漫游，诗人奔波劳顿，哪一次失意，哪一回挫折，不使他心生忧愁愤激，以致华发早生！这一头“秋霜”，乃是大半生坎坷经历的印迹和明证。诗人仿佛在镜中看到了自己的悲哀：一生追求，至今一无所得。诗中连用“不知”“何处”两个疑问词，以强烈感叹的语气，把问题提了出来，却没有回答。诗人亲历亲感，怎么会不知道呢？他只是把无限的愁闷和悲凉留了下来。

评解

李白之诗常常是“奇想出奇句”。其诗不易学，也几乎无法可学。王安石《示俞秀老》（其二）诗曰：“不见故人天际舟，小亭残日更回头。织成白雪三千丈，细草孤云一片愁。”第三句显然套用了李白的“白发三千丈”，但效果却差得很远。这是因为，王诗所表现的愁，不过是寻常离愁，当不得“三千丈”那样的比拟，因而有明显的斧凿痕迹。另外，李白在诗中虽然点破了“愁”字，但根本就没说出愁的具体内容，只觉其愁浩茫无边；王诗却把他的愁情和盘托出，话一说尽，诗就没了味道。艺术表现的藏与露、深与浅的关系和效果，由此可见一斑。

赠汪伦

李白乘舟将欲行，
忽闻岸上踏歌声。
桃花潭水深千尺，
不及汪伦送我情。

【题解】

天宝十四载（755），李白从秋浦（今安徽贵池）前往泾县（今属安徽）游桃花潭，受到当地人汪伦的殷勤招待。临走时，汪伦又来送行，李白作了这首诗留别。

赠汪伦诗意图 吕士荣 绘

句解

李白乘舟将欲行，忽闻岸上踏歌声

李白乘船将要走了，忽然听见岸上有人一边唱歌，一边用脚踏地打着拍子，前来送行。是谁赶来送行呢？诗人没有直说，直到最后一句才说出。这里只闻其声，不见其人，但人已呼之欲出。从“忽闻”一词来看，这送行的场面有些出人意料，一是诗人没想到有人要来，大概他已与汪伦道过别，汪说有事不能相送了。二是送别的方式有些特别，是踏歌而来。所谓“踏歌”，本是古代的一种艺术形式，拉手而歌，用脚踏地为节拍。后来也指“行吟”，即漫步而歌。这样的送行，其人想必也该洒脱俊逸，其中洋溢着的热情也是扑面而来。

桃花潭水深千尺，不及汪伦送我情

诗人原来想着的，是一个人独自离开，虽然不至于落寞，但毕竟还是有些冷清，而不期然出现的场面，让诗人惊喜莫名。他不免发出感慨：桃花潭水虽然深达千尺，也比不上汪伦送我的情谊深厚。

桃花潭是他们曾游过的地方。诗人信手拈来，水深情深自然地相联系。清代沈德潜评价说：“若说汪伦之情比于潭水千尺，便是凡语。妙境只在一转换间。”的确，有了“深千尺”的桃花潭水作参照物，就把无形的情意化为有形，既形象生动，又耐人寻味。潭水已“深千尺”了，那么汪伦的情意有多深呢？

评解

明代唐汝询在《唐诗解》中说：“伦，一村人耳，何亲于白？既酿酒以候之，复临行以祖（饯别）之，情固超俗矣。太白于景切情真处，信手拈出，所以调绝千古。”送行者豪爽热情，情真意切，被送者惊喜感念。诗人就眼前景，用日常语，道心中情，自然质朴而又十分感人。

这首小诗，深为后人赞赏，“桃花潭水”也就成为后人抒写别情的常用语。由于这首诗，桃花潭一带留下许多优美的传说和相关的遗迹，如东岸题有“踏歌古岸”门额的踏歌岸阁，西岸彩虹罔石壁下的钓隐台等等。

关于李白和汪伦的交往还有一段故事。当时的许多社会名流都非常倾慕李白，想与他结识，知其所好，常以美景美酒相邀。相传当时泾川豪士汪伦，倾慕李白已久，忽闻李白将要游历入皖，就修书一封，写道：先生喜欢旅游吗？

这里有十里桃花的美景；先生喜欢喝酒吗？这里有万家酒店供您痛饮。李白读后，欣然前往。但是他并没见到什么十里桃花和万家酒店。这时汪才告诉他：十里桃花是潭水名，万家是一位酒店主人的姓。李白听后大笑，遂与汪伦开怀畅饮，共抒情怀。这段故事见于清人袁枚的《随园诗话》，虽然未必真有其事，却说明这首诗流传之广。

早发白帝城

朝辞白帝彩云间，
千里江陵一日还。
两岸猿声啼不住，
轻舟已过万重山。

【题 解】

白帝城，在今四川省奉节县东的白帝山上，是长江三峡的西起点。李白到白帝城不是去游览，他是在流放途中经过这里。天宝十四载（755），安史之乱爆发。永王李璘以抗敌为号召，在江陵起兵。李白怀着抗敌平乱的志愿，参加了李璘的幕府。不料，永王与肃宗发生矛盾，不久即被肃宗所杀。李白也因此获罪，先被关在浔阳监狱，后又被流放夜郎（今贵州桐梓县一带）。

肃宗乾元元年（758），李白逆长江西上，将经过湖北、四川，到几千里之外的夜郎去。当时他已经是五十八岁的老人了，报国无门，反而获罪，心情之悲苦可想而知。李白在途中苦熬了约一年，于肃宗乾元二年（759）三月，行至

早发白帝城 诗意图 华三川 绘

奉节白帝城，朝廷因大旱而大赦天下，消息传来，李白怀着“旷如鸟出笼”的喜悦，迫不及待地乘船东下江陵（今湖北江陵县），故诗题一作“下江陵”。这首诗就描述了他被赦东还行时的行程和心情。

也有一些人认为，诗中履险如平的那种青春的豪气，无所忧虑的轻快心情，应属于初出蜀门时的李白，也就是说作于诗人二十五岁出蜀那年。

句解

朝辞白帝彩云间

清晨，朝霞满天，诗人就要踏上归程。他从江上往高处看，但见白帝城彩云缭绕，如在云间，景色多么绚丽！应该说，此时诗人心头也正沐浴着灿烂的霞光。“彩云间”，是写早晨景色，由晦冥转为曙光，这与诗人劫后余生的喜悦之情十分和谐。同时，从中也可见出白帝城之高，这就为作者乘船从高处往低处急流而下，一日到达江陵的下一句诗做了铺垫。

千里江陵一日还

千里之遥的江陵，一天之间就回还。北魏地理学家、散文家郦道元《水经注》说：“自三峡七百里中，两岸连山，略无阙处；重岩叠嶂，隐天蔽日，自非亭午夜分不见曦月。至于夏水襄陵，沿溯阻绝。或王命急宣，有时早发白帝，暮到江陵，其间千二百里，虽乘奔御风不以疾也。”李白此诗化用“早发白帝，暮到江陵”，一方面使表现舟行快绝的字句凝炼了许多，同时又注入了充沛的感情。作者在流放途中所作的《上三峡》诗里说：“三朝上黄牛，三暮行太迟。三朝又三暮，不觉鬓成丝。”回想那时，船只绕着黄牛山打圈子，三天三夜就像一步也没挪动，差点让人愁白了头，行程是何等的艰难，人心又是何等的悲苦！没想到上行几个月的路程，如今一朝一夕间就越过。“千里”和“一日”，以空间之远与时间之短作对比。“还”，归来也。它不仅表现出江流之快、归舟之疾，也透出遇赦后重获自由的喜悦、轻快感。

两岸猿声啼不住

两岸猿猴啼声不断，回荡不绝。有论者持别推重这一句。桂馥说：“妙在第三句，能使通首精神飞越。”施补华说：“中间却用‘两岸猿声啼不住’一句垫之，无此句则直而无味。有此句走处仍留，急语仍缓，可悟用笔之妙。”这句诗的妙处固然在于造成了文气的疏宕和回旋，但更主要的，乃是与下句连读，真实地再现了穿越三峡的行程在诗人心中留下的印象。因为船行如飞，因为喜获自由，两岸山峦一闪而过，叫人目不暇接，诗人此时归心似箭，似乎也无意赏景。因而视觉的印象很模糊，但听觉的印象却是十分清晰。“啼不住”，并不是说三峡两岸猿猴一直在不停地鸣叫，而是衬托出船速飞快，第一只猴的叫声未绝于耳，第二只猴的叫声又传来，就像呼呼掠过的江风一样，无头无尾，连续不断。三峡中，“常有高猿长啸，属引凄异”，故渔者歌曰：“巴东三峡巫峡长，猿鸣三声泪沾裳。”李白此时心境不一样，因此，他突破了以前咏猿诗哀愁、悲伤的氛围，将欢悦的心绪和浪漫的情调融入其中。

轻舟已过万重山

猿猴的啼声还回荡在耳边，轻快的小船已驶过连绵不绝的万重山峦。诗人先写猿声，继写轻舟，用一个“已”字把“啼不住”和“过万重山”联结起来，借猿声回响衬托轻舟的快捷，这种修辞手法是十分巧妙的。为了形容快，诗人除了用猿声山影来烘托，还用了一个“轻”字，别有一番意蕴。顺流而下，行船轻如无物。尚在流放途中时，诗人感觉是“夜郎万里道，西上令人老”，而现在，重负已释，又如何不令人轻松呢？待万重山一过，诗人历尽艰险重上坦途的快感，也就不言而喻了。这最后两句，既是写景，又是比兴，既是个人心情的表达，又可视为人生经验的总结。

评解

全诗虽无一个快字，但我们却分明感觉到：一是舟行之快，二是人心之快。诗人急欲还归的心情，洋溢于明快的诗歌节奏中。全诗写景抒情，达到了情景交融的地步。此诗有一种历久弥新的鲜活感，无论我们是否经过三峡，也无论我们何时去过，每每读起，总觉得如在目前。更重要的是，其中的快意叫人心情轻松畅快，使人神远，因此百诵不厌。

庐山谣寄卢侍御虚舟

我本楚狂人，凤歌笑孔丘。
手持绿玉杖，朝别黄鹤楼。
五岳寻仙不辞远，一生好入名山游。
庐山秀出南斗旁，屏风九叠云锦张，影落明湖青黛光。
金阙前开二峰长，银河倒挂三石梁。
香炉瀑布遥相望，回崖沓障凌苍苍。
翠影红霞映朝日，鸟飞不到吴天长。
登高壮观天地间，大江茫茫去不还。
黄云万里动风色，白波九道流雪山。
好为庐山谣，兴因庐山发。
闲窥石镜清我心，谢公行处苍苔没。
早服还丹无世情，琴心三叠道初成。
遥见仙人彩云里，手把芙蓉朝玉京。
先期汗漫九垓上，愿接卢敖游太清。

庐山谣寄卢侍御虚舟 诗意图 程锡瀛 绘

【题 解】

此诗作于唐肃宗上元元年（760），李白时年六十。头年春天，他于流放夜郎途中遇赦获释。他以为长安、洛阳两京收复，国家中兴在望，个人命运也可能否极泰来，又有仕朝之意。结果又告失败，惟有痛饮浇愁，狂歌当哭，出世思想又一次抬头。当他还至豫章（今江西南昌）时，一生中最后一次登上庐山，作此诗，意欲求仙学道，过隐居生活，以度残年。

卢虚舟，字幼真，范阳（今北京大兴）人，肃宗时任殿中侍御史，曾经与李白同游庐山。诗题中的“谣”，指徒歌，即无音乐伴奏的歌唱。

句解

我本楚狂人，凤歌笑孔丘

诗人起句用了一个典故，说：我本来就像楚国的狂人接舆，高唱着凤歌嘲笑孔丘。

接舆，姓陆名通，是春秋末期楚国的一位隐士，佯狂不仕，人称“楚狂”。孔子曾去楚国，游说楚王。接舆在他车旁唱道：“凤兮凤兮，何德之衰？往者不可谏，来者犹可追！已而！已而！今之从政者殆而！”歌词大意是劝孔子放弃从政的打算。楚狂是不满当时社会现实的，诗人以之自比，既是说自己不会像孔子那样热衷于政治，要像楚狂那样去过隐居生活，同时也暗示自己对现实的不满。事实上，对于李白，早就有人说是疯子或狂人了。他的一首诗就说：“一州笑我为狂客，少年往往来相讥。”

手持绿玉杖，朝别黄鹤楼。五岳寻仙不辞远，一生好入名山游

既然诗人在嘲笑孔子的奔波忙碌，他自己又在做什么呢？他说：我手持仙人所用的绿玉杖，在清晨辞别黄鹤楼；为着寻仙，我遍访五岳不辞路途遥远，一生中十分喜好到名山寻游。

李白这次游庐山，是自奉节赦还，取道江夏（今武昌）回浔阳，这一行程在他写来，充满神话传说色彩。李白曾说“儒生不及游侠人”，他喜欢游侠一样的生活，一生中漂泊跋涉，有很多求仙学道的朋友。他说自己学道有三十年的历史，“学道三十春，自言羲和人。轩盖宛若梦，云松长相亲“，“云卧三十年，好闲复爱仙”。因此，“五岳寻仙不辞远，一生好入名山游”，是李白一生游踪的形象写照。

庐山秀出南斗旁，屏风九叠云锦张，影落明湖青黛光

诗人以前即已游过庐山，并留下诗句，这次他描绘道：庐山秀丽挺拔在南斗星旁，状似屏风的峰峦重叠伸展，好像锦绣云霞一样展开；山峰倒映在明净的鄱阳湖中，闪烁着深青色的波光。

庐山北靠长江，南依鄱阳湖，主峰汉阳峰海拔一千四百多米。说来并不很高，但因是平地拔起，故在善于想象和夸张的诗人笔下，竟然直抵南斗星。有人认为，“屏风九叠”即“九叠云屏”，又叫“屏风叠”，在庐山五老峰东北，峰峦重叠，状如屏风。“九叠”是说形态多。李白曾在此筑屋隐居，对这里应该最熟悉，最有感情。“云锦”，彩云织成的锦缎，一说彩云和锦绣的合称。“黛”，古代妇女描眉所用深青色的颜料，此形容山影映水的颜色。

这三句大概是从鄱阳湖上看庐山，既远观其形，又近看其影，湖光山色，相互映照，显得格外明媚绮丽。

金阙前开二峰长，银河倒挂三石梁。香炉瀑布遥相望，回崖沓嶂凌苍苍

诗人在欣赏完庐山的整体轮廓后，为几处特别的景致所吸引。首先是天然奇景石门，只见两座山峰高耸，壁立对峙，如金门打开。“金阙”，指金阙峰，即石门。第二景是石梁飞瀑，只见三道石梁上瀑布飞泻，有如银河倒挂，气势十分壮观。这可能是石门涧瀑布。《水经注》引《浔阳记》云：“庐山上有三石梁，长数十丈，广不盈尺，杳然无底。”第三景是香炉瀑布，与石梁飞瀑遥遥相望。香炉峰上方常有水气弥漫，氤氲若香烟，故得名。

这些地方峻崖环绕，峰峦重叠，好像要凌驾于苍天之上。“回”，曲折回环的意思。“沓”，重叠。“嶂”，像屏风一样的山。“苍苍”，天的颜色。

翠影红霞映朝日，鸟飞不到吴天长

这两句承上启下。前句写旭日初升时的景色，后句写吴地的宽广。只见苍翠的山色、绚丽的红霞与朝阳交相辉映，庐山及远处一带，地广天高，连鸟儿也飞不到边。春秋时期，庐山一带属吴国，故称“吴天”。

登高壮观天地间，大江茫茫去不还。黄云万里动风色，白波九道流雪山

当诗人登上高峰时，举目四望，只见天地之间，长江浩浩荡荡，奔流不息，一去不还。万里黄云飘浮，景色不断变幻，九道江流白浪翻滚，汹涌如雪山。境界十分阔大。

长江冲出三峡以后，奔流在坦荡的平原之上，两岸除了时远时近的低丘外，没有什么高大的山岭，独在九江附近，庐山拔地而起，耸峙江边。当云雾起时，从山下仰望，庐山时隐时现；从山上往下看，茫茫云海，千变万化。因此，诗人这几句既是写景，但又不完全是实写。

“动风色”，使风色为之动。“白波九道”，是古代传说，称长江流至浔阳分为九条支流。这几句蕴含着诗人的强烈的主观感受，因而显得格外气魄宏大，境界高远，气象万千。

好为庐山谣，兴因庐山发。闲窥石镜清我心，谢公行处苍苔没

大自然总能激起人的某种情愫，对于诗人来说，尤其如此。他说：我喜欢作庐山歌谣，诗兴都因庐山而触发。李白一生三次游庐山，共作歌咏庐山的诗十余篇。庐山的确大大地激发了他的诗兴。

经过永王璘事件的挫折后，李白这次重登庐山，不禁有了新的感慨：从容自得地照照石镜，使我心神清静，当年谢公走过的地方，早已被青苔掩没。

“谢公”，即南朝诗人谢灵运，曾登庐山，有“攀崖照石镜”诗句。“石镜”，传说庐山东面石镜峰上有一块圆石，明净如镜，可以照见人形。如今，谢公早已不在，只有那曾经照过的石镜，仍然使人心神澄清。诗人由游山的清兴转入人生无常、人世沧桑的慨叹。

早服还丹无世情，琴心三叠道初成。遥见仙人彩云里，手把芙蓉朝玉京。先期汗漫九垓上，愿接卢敖游太清

诗人进而有了寻仙访道、超凡脱俗之意。他希望有一天能早服仙丹，对世俗毫无情念，心神宁静，仙道初步修成。“还丹”，指道家将丹炼成水银，又使水银还原为丹，认为吃了可以成仙。“琴心三叠”，术语，指修炼身心，达到心和气静的境界。

诗人还仿佛远远地看见仙人们站在彩云里，手捧莲花朝拜玉京。他说，自己已和仙人相约在九天之上，希望接上卢敖，一起同游仙境。“芙蓉”，即莲花。“玉京”，元始天尊的居处。

这是诗人借卢敖的故事邀卢虚舟共作神仙之游。《淮南子·道应训》载，卢敖周游世界，到了北方，遇见一奇人，想叫他和自己结伴同游北阴之地。那人笑道：“吾与汗漫期于九垓之外，吾不可以久驻。”说罢跳入云中。“期”，约会。“汗漫”，不可知的意思，这里指代不可知之神。“九垓”，即九天，天之最高处。

“太清”，天外仙境。道家认为天外仙境有三：元始天尊所居叫玉清，灵宝道君所居叫上清，太上老君所居叫太清，合称三清境。诗人想象自己跟随仙人飞升而去，那么，世间的一切烦恼也就没有了。

评解

这是一首纪游抒怀诗。诗中既有自我形象的描绘，更对庐山景物大写特写，还有直接的感触。从中可看出诗人晚年流放归来、政治理想破灭后欲寻仙归隐、寄情山水的心境。这样的主题在他的诗中不知已出现多少回。事实上，李白一入名山大川，就想着归隐；一旦在山里住下，又想着要入朝拜官，报效国家。这一次经历了入狱和流放的大波折，仿佛此后会安心归隐山水；然而，李白一下庐山，马上就去想平叛之事，哪里曾一心一意当什么楚狂人。

望天门山

天门中断楚江开，
碧水东流至此回。
两岸青山相对出，
孤帆一片日边来。

【题解】

今安徽省当涂县境内的长江两岸，两座山峰夹江对峙，东为博望山，西为梁山，错落相对，犹如一扇天然的江上巨门，浩瀚的长江水从中穿过，二者合称天门山。

《望天门山》写于何时，难以考定。诗人早年出蜀，晚年盘桓皖南一带，都曾多次经过天门山。

望天门山 诗意图　戴敦邦 绘

句解

天门中断楚江开

这是长江流经天门山时的情形，说是天门山从中断开，为长江打开通道。当涂在战国时代属楚国，故称流经这一带的长江为楚江。“断”、“开”两字，下得利落有力，从而将天门山夹江而峙、相望如门之势极其简洁、准确地摹绘出来。这是横锁大江的天门山给楚江留下了一条通道呢？还是巨流冲出了一个天门？从诗人用笔来看，“断”字表示江水冲撞之烈，其意大概是说，天门山原是堵江而立的，汹涌的江水自西而东奔来，以雷霆万钧之力冲撞天门，于是，山断水开。从这里，我们不难感受到长江那一往无前、势不可挡的力量。

碧水东流至此回

清碧的江水东流到这里，又回旋着向北流去。长江总的流向是由西向东，但至天门山时江水猛地向北流去。由于两山夹峙，江面变窄，使得浩荡的江水激起回旋，形成波涛汹涌的奇观。如果说上一句是借山势写出水的汹涌，那么这一句则是借水势衬出山的雄奇。尽管江水能够将大山冲开，但大山毕竟扼江，江流不得不回旋转向。有的版本“至此回”作“直北回”，指东流的长江在这一带回转向北。这是对长江流向的精细说明，但少了诗意。

两岸青山相对出

两岸的青山，相对着突现出来。这是对首句“天门中断”四字的具体化，状写“中断”后的天门山形成对称的两座山峰，各据一岸，与中间奔流的长江，构成一幅天然的山水画。一个“出”字，使本来静止不动的山有了动态美，而且点出了诗人“望”的角度。他不是站在岸上的某一个固定地方，而是舟行江上，顺流而下所见。诗人站在船上眼望远方，不觉船行，随着距离的不断变化，只觉得好像是天门山从江岸边走了出来。此句还寓含了舟中人的新鲜喜悦之感。

孤帆一片日边来

一叶孤帆，从太阳边驶来。这句一下子把镜头拉远了，眼前顿时变得开阔无垠。诗人远眺前方，只见长江浩瀚迷茫，在那水天交接处，有一叶孤帆，其背景是一轮太阳。这样的场景我们并不陌生，仿佛曾经见到的一幅画或者一幅摄影作品。“日边”，给人留下广阔的想象空间。“来”，使画面顿显活跃，具有不断变幻的美感。有人把“日边”说成是用典，代指唐朝的帝都长安，因此说这一句是写李白离开长安以后悬念朝廷的怅惘心情。其实，就全诗而言，李白是行舟时即目所见，随兴吟发。把它和“西入长安到日边”(《永王东巡歌》)那种政治色彩很浓、寓意很明白的诗同等对待，就难免牵强附会。从李白的性格和诗风来看，也很少这样隐晦曲折的。诗题中的“望”字，分明是说诗人在赏景。历来的许多注本由于忽略了这一点，所以往往把诗意理解错了。

又有人提出，“日”是指朝阳还是夕阳（这关系到朝东看还是朝西看，作者是顺流而下，还是逆流而上）；“孤帆”是指作者自己，还是所见远景（这关系到是实景还是想象）。其实，大可不必拘泥于此。诗歌本来就不是纪实，读者不妨放开想象，用自己的心去感受诗意，欣赏其中的美就行了。

评解

李白以山水为题材的诗很多，多写得场面宏大、瑰奇壮丽。这首诗犹如一幅画：近处，两岸青山相对，一江碧水夺路而去；远处，水天相接，一片白帆自日边而来。画面不仅阔大深邃，而且有高有低，有远有近，有大有小，有动有静。此外还具有活泼新鲜、明亮清晰的色彩美。江水澄碧，山色青青，白帆悠悠，日色遥见，都给人以生机蓬勃的感觉。我们仿佛看到，才华横溢的诗人借助于笔下一派雄丽的景色，也将豪情奔放、超逸不羁的胸臆和盘托出。

静 夜 思

床前明月光，
疑是地上霜。
举头望明月，
低头思故乡。

【题 解】

李白在五岁时迁入蜀中，自二十五岁出蜀后，就再也没有回去过。虽然蜀地不是他出生的地方，但他在那里生活了二十年，那里有他的童年、少年和青年。他的故乡在蜀中。这首诗写的是静夜里对故乡的思念。作于何时何地，很难确定，只能说是在漫游期间。

静夜思 诗意图　戴敦邦 绘

句解

床前明月光，疑是地上霜

床前洒下一片月光，让人以为是地上铺了一层白霜。用“霜”形容月光，并无特别之处，古诗中也不乏其例。如“夜月似秋霜”、“空里流霜不觉飞”等。这里要注意“疑”字，说明是一种错觉。也许诗人还未入睡，正若有所思，也许刚从梦中醒来，仍迷离恍惚。乍见地上一片银白，以为是下了霜。随即一转念，这屋中哪来的霜，于是顺窗望去，才知是明月光。诗人就此顿然清醒。用霜来形容月光，不仅显示了月光的洁白、明净，而且给人以清冷的感受。在诗歌中，秋霜常常是感伤的暗示。所以这两句虽说是写景，但景中融情，在“静夜”中引出了“思”。

举头望明月，低头思故乡

抬起头来凝望天上明月，低下头来思念久别的故乡。

因为“疑”而“举头”，举目所见，乃是一轮明月，诗人不禁久久凝视，若有所思。对于身在异乡的游子来说，静夜中的明月最易触动情思，让人感怀身世，思念故乡。故乡不可见，不免黯然神伤，于是低下头来，陷入沉思之中。这一举、一低，是极自然平常的细微动作，不仅写出了游子望月的动态，而且抒写了游子的心情。而这种乡情，又是借第一、二句的环境气氛烘托出来的。

评解

《静夜思》最初的字句稍异于现在。宋朝的一些刊本中，第一句为“床前看月光”，第三句为“举头望山月”。后来，第一句变成了“床前明月光”，第三句仍旧。至清代蘅塘退士孙洙编《唐诗三百首》，则是我们今日所采用的版本。

中国古代诗歌中，有大量抒写乡情的篇章。李白的《静夜思》，应该是这类诗歌中最为人熟悉并传诵的一首。

这首诗内容单纯，内涵却非常丰富，表达了一种人所共有的思乡之情，能激发起人们的共鸣。从引发乡情的具体环境和过程来看，是很普通、极常见的，不但人们容易理解，而且许多人都体验过。就乡情的具体寄托来看，每个人心中都有一幅故乡画。当诗人在静夜里对月思乡的时候，他的乡情一定有这样那样的具体内容。比如，故乡的景物、人物、生活等等。但是，所思的内容在诗中一点没有反映出来，诗人只是点出“思故乡”三个字，正如沈德潜所评：“旅中情思，虽说明却不说尽。”然而，正因为诗人没有把他的乡思说尽，才给读者留下了自由想象的空间。不同的人，尽可以用自己不同的生活体验去描绘它，把它具体化，寄托自己独特的乡情。因此，这首诗是容易理解的，却又是体味不尽的。

《静夜思》中的乡情，十分轻淡，给人亲切而真实的感觉。不但古诗中常见的那种客子思乡怀亲的悲愁与痛苦看不到，就连游子常有的孤寂和凄清之感，都淡得使人觉不出来。如清人徐增所评：“因疑则望，因望则思，并无他念，真静夜思也。”它抒发的乡情，就像诗中那弥漫于天上地下的月光，轻盈似纱，清淡如水。这种感情，以柔美、温和为特征，具有平凡生活色彩。只要一读到或听到这首诗，人们并不感到心灵的强烈震撼，只是心弦被轻微地拨动了一下，从而引起一种熨贴的、和谐的美感。

明人胡应麟说：“太白诸绝句，信口而成，所谓无意于工而无不工者。”他称《静夜思》为“妙绝古今”。的确，此诗构思细致而深曲，但又脱口吟成、浑然无迹。用韵明快，富有音乐的旋律，颇具节奏感；读起来朗朗上口，悦耳动听。全诗语言清新朴素，明白如话，几与民间歌谣相似，可谓过目即诵。

春思

燕草如碧丝，
秦桑低绿枝。
当君怀归日，
是妾断肠时。
春风不相识，
何事入罗帏？

【题解】

中国古诗中，“春”不仅指大自然的春天，有时还用来比喻男女之间的情爱。这首诗题目中的“春”，就一语双关。李白集中，除本首《春思》外，另有两首题作《秋思》。其中一首与本首为一组，都写征妇思夫。有人曾说：“按《春思》《秋思》二诗，戍妇词尔。征夫不归，春而秋矣……是一年光景又虚度矣。思妇之心，当如何其悲也。”

春思 诗意图　张鸿飞 绘

句解

燕草如碧丝，秦桑低绿枝

燕地的青草刚刚萌发，就像是碧绿的细丝，而秦地的桑树已经繁荣茂盛，低垂着绿枝。“燕草”，燕地的草。燕，今河北北部、辽宁西南部一带，是诗中女子丈夫征守的地方。“秦桑”，秦地的桑树。秦，今陕西关中一带，是思妇所居之地。这两句在顺序上属于倒装，思妇目睹秦地桑叶低绿的暮春景象，而遥想燕北一带的景色。燕地寒冷，秦地相对偏暖，因此当秦桑绿枝低垂之时，燕草还像碧丝一般。

思妇眼前所见是秦桑，心中所念却是燕草，说明她无意于欣赏春光，而是触景生情，惦念征人。这是以比兴开篇，即“先言他物以引起所咏之词也”。由眼前景物入手，引起后文相思，这从《诗经》开始就一直是民歌中常见的开篇方法。

当君怀归日，是妾断肠时

诗的前两句看似平淡寻常，毫不足奇，待读到这两句时，就体会到其中的妙处：当你看到碧草思念着归家的日子呵，正是我见了绿桑想你断肠之时。思妇终日盼望丈夫早日归来，料想丈夫也是同样心思。当春天来临、万物生发时，有感于物候之变，思念的心情比平日来得格外强烈些。因此，见春而思归。这在古诗中较常见，如南朝江淹《别赋》“春草春色，春水绿波，送君南浦，伤如之何”、唐王维《送别》诗“春草年年绿，王孙归不归”，都是睹春色、感物候而倍增离情别绪。

两处春光，引起两地相思，思妇对丈夫的真情及二人心心相印之意由此可见。丈夫思归，虽未成行，但也勉强能慰离人愁肠，按理说，思妇应该有所慰藉，但怎么又说“断肠”呢？元代萧士赟评述道：“当秦地柔桑低绿之时，燕草方生，兴其夫方萌怀归之志，犹燕草之方生。妾则思君之久，犹秦桑之已低绿也。”原来，诗人是用衬托的手法。痴情的妻子朝思暮想，望穿秋水，相思既深且久，故令人断肠。

春风不相识，何事入罗帏

有人说，诗写到三四两句，征妇思夫的意思已经表现出来了，就此煞尾也是可以的。诗人却不满足于一般化地表现少妇思夫之情。他笔锋一转，又掀起一层波澜：春风呀春风，我与你素不相识，你为什么要跑进我的罗帐？

我们常说春风撩人，春思缠绵，这春风已不单指自然之物。春风吹入闺房，掀动了罩在床上的罗帐，思妇见此，不免责怪起来，春风啊，你所来何事？无非是更让我相思断肠。思妇满腹心事，没个诉处，满怀情事，没个解处，竟怪罪不解人意的春风。看似无理，其实有情。相思之苦，相恋之深，呼之欲出。可说是无理而妙，即在看似违背常理与常情的描写中，反而更深刻地表现了复杂的感情。这是古典诗歌中常见的一种艺术手法。

南朝乐府里，常有关于春风的描写，如："春风不知著，好来动罗裙"、"春风复多情，吹我罗裳开"、"揽裙未结带，约眉出前窗。罗裳易飘扬，小开骂春风。"这些怀春的少女，正渴望着爱情，在她们眼里，春风是多情之物。而在李白此诗中的思妇看来，那春风正是伤情恼人之物。

也有人认为，这最后一句是思妇申斥春风，以明志自警，表现了她忠于所爱、坚贞不二的情操。如元人萧士赟说："末句比喻此心贞洁，非外物所能动。"

评解

这首《春思》是用五言古诗写的，在感情的抒发上，曲折委婉，一唱三叹，给人以既古朴又隽秀的美感享受。清乾隆帝曾评价说："古意却带秀色，体近齐梁。"意思是说，从格调来说，与南朝齐梁间的民歌极为相似，但在表情达意上却更多了几分含蓄与蕴藉，这种与《诗经》颇为相似的风格就是所谓的"古意"了。

子 夜 吴 歌

长安一片月，
万户捣衣声。
秋风吹不尽，
总是玉关情。
何日平胡虏，
良人罢远征？

【题 解】

六朝乐府有《子夜歌》，因为主要在江南吴地流行，所以也称《子夜吴歌》。《晋书 · 乐志》说“吴歌杂曲，并出江南”。吴歌的历史可以追溯到很早，顾颉刚认为其起源“不会比《诗经》更迟”，其内容则主要是“小儿女口中的民间歌曲”。多写男女之情，其中不少是女子思念丈夫的哀怨之情；也有唱到家乡风情、人生苦乐之类。形式是五言四句，语言清新婉转，如《大子夜歌》所唱的：“歌谣数百种，子夜最可怜。慷慨吐清音，明转出天然。”《子夜吴歌》中有一种变曲，叫《子夜四时歌》，是根据春、夏、秋、冬四季的特点来写的。

子夜吴歌 诗意图　苗重安 绘

李白善于向民歌学习，《全唐诗》直接提到“吴歌”者近二十处，其中他一人就独占七处。李白的这组《子夜吴歌》，共四首，这里所选是第三首，写闺妇对征夫的思念。

句解

长安一片月，万户捣衣声

这两句让人产生苍茫寥廓、似愁似怨的情思。秋夜里，唐朝的国都长安城（今陕西西安市），白天的繁华与喧嚣已远去，到处是水一样浮动着的月光。因为是秋月，显得特别高远与皎洁，给人以冷月无声之感。这时，传来了千家万户的捣衣声，此起彼伏，绵延不绝。“捣衣”，是将衣料放在石砧上用木杵捶击，使之绵软，以便裁缝。秋天，是缝制寒衣的季节。秋天，又容易引起人的悲感，如宋玉在《九辩》中所说“悲哉秋之为气也，萧瑟兮草木摇落而变衰”。

见月怀人是古典诗歌传统的表现方法。唐人张若虚在《春江花月夜》中写道：“玉户帘中卷不去，捣衣砧上拂还来”，那挥之不去的，是月光。在李白的笔下，更是深切的思念。这两句既写自然之景，又融进了生活情景，而且不露痕迹地借景抒情。王夫之讲情与景的关系，曾举例说：“景中情者，如‘长安一片月’，自然是孤栖忆远之情。”

秋风吹不尽，总是玉关情

秋风吹不尽的，总是思念玉门关的情思。“玉关”，即玉门关，频见于中国史书古籍，唐诗中亦有不少名句，如“羌笛何须怨杨柳，春风不度玉门关”。玉门关是古代中国西北疆域内的著名重镇，历史上一直是兵家必争之地和交通要塞。根据历史文献记载，唐军与北匈奴曾多次在玉门关大战。由此我们明白，之所以情牵玉门关，是因为那里有身在边关的亲人。“玉关情”三字蕴含深厚，有对久别丈夫的思念，有对亲人冷暖的关切，有对安危的担忧，有对早日团聚的渴望，等等。这两句好像是诗人从旁体味，又好像诗人与万户人家心意相通。

对“秋风吹不尽”一句有不同的理解。有人认为，妻子思夫之情深切绵长，是萧瑟秋风吹不尽的。有人则认为，它是承上句而来，指“万户捣衣声”风吹不尽，风送砧声，声声都是怀念玉关征人的深情。“总是”二字，表明情思的执着与无穷无尽。此句虽然见境不见人，而人物俨在。

月夜、秋风、捣衣、怀人，类似的情景在子夜民歌中也有，如“风清觉时凉，明月天色高。佳人理寒服，万结砧杵劳”，“白露朝夕生，秋风凄长夜。忆郎须寒服，乘月捣白素”。但是，李白的诗不仅语句更为流畅，而且内容也深厚得多。李诗不是一般性的怀人，而是对边关亲人的思念；不是个别的，而是一个群体，具有代表性。

何日平胡虏，良人罢远征

什么时候才能扫平胡虏，丈夫从此停止远征？清人田同之曾说："余窃谓删去末二句作绝句，更觉浑含无尽。”若果真如此，确实“含蓄”了一些，但内容上必然受损。正是有了这两句，才如沈德潜所说，“本闺情语而忽冀罢征”，使诗歌思想内容大大深化。再说，慷慨天然即是民歌本色，“不知歌谣妙，声势出口心”。因此，由传统的四句增为六句，不单是对子夜吴歌形式的扩展，而且也是诗歌本身抒情的深化。诗人不再是旁观者，而是以思妇的口吻，呼出众人心声：什么时候才能停止战争，亲人相聚，过上和平幸福的生活？这已不仅仅是一己之情。它反映了战争给无数家庭带来的痛苦，广大民众对和平生活的强烈愿望。沈德潜对诗的末二句作了更深入的分析，他说："不言朝廷之黩武，而言胡虏之未平，立言温厚。”他认为这首诗还包含着对朝廷穷兵黩武政策的委婉批判。“良人”，是妻子对丈夫的称呼。“胡虏”，胡是对西北少数民族的泛称，虏，是对敌人的蔑称。

评解

宋代王安石曾说，李白的歌诗“豪放飘逸，人固莫及，然格止于此，不知变也”。事实上，从现存李白的一百多首乐府诗看，不仅大都写得清新自然，还能一变其怪伟奇绝、纵横恣肆的总体风格，具有婉转缠绵、蕴藉含蓄的特色，即所谓“微而彰，婉而丽”。《子夜吴歌》正是如此，它既保持了浓郁的民歌风格，又在内容和形式上有所创新。

关山月

明月出天山，苍茫云海间。
长风几万里，吹度玉门关。
汉下白登道，胡窥青海湾。
由来征战地，不见有人还。
戍客望边色，思归多苦颜。
高楼当此夜，叹息未应闲。

【题解】

《关山月》是乐府旧题，属横吹曲辞。《乐府古题要解》说：“《关山月》，伤别离也。”郭茂倩《乐府诗集》收南朝到唐代诗人所写《关山月》曲辞二十多首，内容都是写征戍远别之苦的。李白这首是其中的名篇。

关山月 诗意图 李鸣泉 绘

句解

明月出天山，苍茫云海间。长风几万里，吹度玉门关

起笔四句构成一幅万里边塞图：一轮明月从天山升起，浮动在苍茫的云海间。长风浩荡，不知吹了几万里，才吹过玉门关。

“天山”，今祁连山，位于甘肃省西北部。匈奴语呼天为“祁连”。天山之名本身就给人以莽莽苍苍的感觉，明月升起，清辉遍洒，该是何等开阔。“苍茫云海”，含有言说不尽、引人遐思之意。浩浩长风，可是从家乡吹来？“万里”，有空间感，言相隔之远。“玉门关”，为古时通往西域的要道，故址在今甘肃省敦煌市西北，这里泛指西北边地。这一地名既给人边远之感，又含有一种古老的时间意味。“明月”，是思乡的寄托，也是团圆和美满的象征。望天上月，其实是望乡，只是望得见月，望不着乡。

这四句既是写边地寥廓苍莽的自然景象，又点出征人所在位置。既道尽关山阻隔，离家之遥，又见出边关的空旷荒凉，征夫的孤寂凄苦。在这样一种背景衬托下，征人怀乡之情愈发觉得深沉凝重，所谓“一切景语皆情语也”。

李白这种以我为主、吞吐万象而又近于天真的情怀，少有人能比。《乐府诗集》所收二十多首《关山月》曲辞，写法上大致相同，开头几句都先切“关山”、“月”，其中写得较好的，有“秋月上中天，回照关城前”，“关山夜月明，秋色照孤城”，“月生西海上，气逐边风壮，万里度关山，苍茫非一状”等，但都不如李白的这四句气势雄浑寥阔，境界高远，情思遥深。

汉下白登道，胡窥青海湾。由来征战地，不见有人还

这四句由写边塞景象转到边关战事：汉高祖当年率兵被困白登山，现在胡人又窥伺着青海湾；自古以来，这里就是征战的疆场，多少将士出征啊，都不见回还。“下”，出兵。“白登”，山名，在今山西省大同市东。汉高祖刘邦曾在白登山附近与匈奴作战，被围困七日。“青海”，湖名，在今青海省东北部，唐军在此曾多次与吐蕃交战。诗人由古今战场写起，是泛指，言战争不休。这样的战争对前线的将士们意味着什么？诗人并没有描绘出“白骨露于野，千里无鸡鸣”的景象，但在诗句的背后，透出凄凉悲惨的气氛。

戍客望边色，思归多苦颜。高楼当此夜，叹息未应闲

结尾四句，从征人的角度直抒思归之苦：戍边将士望着边地的景象，思念家乡，脸上多是愁苦的容颜；遥想妻子伫立高楼共对今夜，叹息之声当是不会停止。“望边色”三字，将前面所描绘的万里边塞图与“戍客”紧密地联系起来。所见景象如此，所思亦自是广阔而渺远。诗人采用化实为虚的手法，写征人推想妻子倚楼望月、叹息不已的情景，愈发衬托出思归之情的深切。此处如果实写，自无不可，但不如虚写显得空灵超脱而笔法多变。以虚代实，感情上的份量不但没有减弱，反而因含蓄凄婉而更觉深挚悲苦。

评解

描写战争带来的苦难是当时一个习见的主题。如李颀《古从军行》：“年年战骨埋荒外，空见蒲桃入汉家，”陈陶《陇西行》：“可怜无定河边骨，犹是春闺梦里人。”无论战争是与非，就个人而言，总是意味着别离、苦难与牺牲。对于当时的边塞战争，诗人不作单纯的谴责或颂扬，而是揭示其造成的巨大牺牲和给人带来的痛苦，实际上是对和平安宁的渴望。

离人思归之情，在一般诗人笔下，往往写得过于纤弱和愁苦，境界也往往狭窄。但李白所写却如明代胡应麟所说：“浑雄之中，多少闲雅。”如果把“闲雅”理解为不局限于一时一事，而是带着一种更为广远、沉静的思索，那么，他的评语是很恰当的。

送友人

青山横北郭，白水绕东城。
此地一为别，孤蓬万里征。
浮云游子意，落日故人情。
挥手自兹去，萧萧班马鸣。

【题解】

《送友人》是一首五律诗，为李白有名的送别诗。至于送何人，作于何时，不详。

送友人 诗意图 马振声 绘

句解

青山横北郭，白水绕东城

青翠的山峦横亘在外城的北面，波光粼粼的河水绕城东流过。“郭”，指外城。朋友远行，诗人从城内一直送到城外。放眼远望，青山迎面扑来。山郁郁葱葱，大概不会太高，但绵延甚广，所以说“横”。对于即将远行的人来说，有山高路远、崎岖艰难之意。近看，流水潺潺，绕城而去。水本无色，但在阳光照耀下，波光粼粼，所以说“白水”。古人常以流水比喻离情别意，流水绕城，似有留恋之意。

这两句，“青山”无言，“白水”有声，对偶工稳，而且“青”、“白”相间，色彩明丽，呈现出一幅寥廓秀丽的图景。

此地一为别，孤蓬万里征

在这里一分别，你就孤身一人，踏上万里征程，犹如那随风而飞的蓬蒿，漂泊天涯。诗人见朋友孤身远行，不知道前行的路上，是否顺利平安，因此心中充满了对他的深切关怀。“孤蓬”，孤飞的蓬蒿。蓬蒿秋天枯萎时常被风拔起，飘转无定，古诗文常以之比喻身世飘零、远行无依之人。

如果按严格的格律要求，律诗的二、三两联是必须对仗的，可是这一联中的“一为”对“万里”却并不工整，因为“为”是虚字，而“里”是实词，这种词性不尽相同的对仗，在后来，特别是晚唐的律诗中都是尽量避免的，而在这里，诗人不拘泥于对仗，落笔舒畅自然。

浮云游子意，落日故人情

白云飘浮，不知从哪里来，也不知要到哪里去，有时停一停，有时随风而散。在外漂泊的游子，和浮云一样行踪不定。夕阳徐徐西下，似乎不忍遽然离开大地。人们在欣赏落日时，也有恋恋不舍之意，生怕它早早地落下。这不正像诗人与朋友依依惜别的心情吗？“浮云”、“落日”，是古诗中有着特定情感内容的比兴意象，在这里，也有可能就是眼前景。

这一联写得十分工整，“浮云”对“落日”，“游子意”对“故人情”。诗人把汉魏以来诗歌中的典型意象和生活实感结合起来，娴熟地掌握了传统文化积淀的意蕴，在妙手偶得之间留下了令人咀嚼的隽永韵味。清人仇兆鳌评论说，太白诗“浮云游子意，落日故人情”对景怀人，意味深远。

挥手自兹去，萧萧班马鸣

朋友挥一挥手，从这里远去，那马儿似也不忍离别而萧萧长鸣。挥手告别，是人之常情，但诗人要表达的，同时也更有意味的是后一句。友人的马见人挥手道别，似乎也懂得人的心意，忍不住萧萧长鸣。它是像主人那样，向朋友致意道别么？或者说，它是不忍分别，别情难抑？诗人在写分手的最后场面时，没有直接说出自己的感受，而是以物来衬。马犹如此，人何以堪！最后一句出自《诗经·车攻》“萧萧马鸣”。但诗人只加一“班”字，便顿出新意，既符合特定的身份，又烘托出缱绻情谊。“班”，是离别的意思，“班马”，就是离群之马。“萧萧”，马嘶鸣声。

评解

在诗歌意象上，李白总是不拘泥于细末，经常揽大景物，用亮色调。他眼望青山，遥想万里，目接长空。他似乎总是在极目远望，将一颗诗人的心与天地融合。青山流水、落日白云、班马长鸣，自然美与人情美交织在一起，使这首送别诗情景交融，充满诗情画意，同时带有几分苍凉的色调。全诗语言自然朴素，不事夸饰，而意致缠绵，语近情遥，有弦外之音，读之令人神往。

自始至终，我们都不知诗人所送的友人是谁，也许正因如此，让人更觉韵味无穷。因为不局限于某人某事，就留下了很大的欣赏与想象空间。

把酒问月

青天有月来几时？我今停杯一问之。
人攀明月不可得，月行却与人相随。
皎如飞镜临丹阙，绿烟灭尽清辉发。
但见宵从海上来，宁知晓向云间没。
白兔捣药秋复春，嫦娥孤栖与谁邻？
今人不见古时月，今月曾经照古人。
古人今人若流水，共看明月皆如此。
唯愿当歌对酒时，月光长照金樽里。

【题解】

李白诗歌中多次出现写月的篇章，这首诗创作的确切时间及背景，不太清楚。本篇题下原有自注："故人贾淳令余问之。"诗人和朋友贾淳月夜饮酒，值此良夕，皓月当空，清光朗照，二人或许已经有些醉意。李白一生，长期漂泊流浪，在其仗剑远游，浪迹江湖的生涯中，其翰墨诗章，亦必有明月美酒相伴。酒可释恨佐欢，兴会无穷；月则使人超然遗世，物我两忘。酒月相和，本是谪仙本色。本篇写酒中问月，上承屈原《天问》之遗风，下启苏轼《水调歌头·明月几时有》之词意，颇能引人无穷的诗意联想和哲理思考。

把酒问月 诗意图 顾炳鑫 绘

句解

青天有月来几时？我今停杯一问之。人攀明月不可得，月行却与人相随

那浩渺的青天上什么时候就出现了明月？我现在停下手中的酒杯来发此一问。明月高悬，毕竟不可追攀，然而月亮却似乎和人紧密相随。

此四句自然明快，流转俊逸。当头一问，对于天地宇宙，无限时空，既有神往，又有惊讶。诗题已经说了，这是人在问月。李白的很多诗都有这种天真气质。这样的发问，与其说是要追问青天宇宙之谜，毋宁说是以问起兴，借题发挥。虽是认真、突如其来的一问，却带了几分狂情醉意。明月高挂天空，芸芸众生只能遥望素月清辉，一之在天，一之在地，确乎遥不可及。而月亮看似清冷无情，当人无意追攀时，它却依依不舍，如影相随。月亮于人，亦远亦近，若即若离，似是无情，又还有情；似可亲近，却又保持了一种奇妙的神秘之感。人攀月不可得，而月可照人亦随人，两相比较，显现人的有限性。

皎如飞镜临丹阙，绿烟灭尽清辉发。但见宵从海上来，宁知晓向云间没。白兔捣药秋复春，嫦娥孤栖与谁邻

皎洁的明月如同冉冉飞升的明镜，朗照朱红宫阙，景象可谓壮丽。“绿烟”，指遮蔽月光的云彩。明月初为云遮，继而绿烟散尽，清辉焕发。犹如美人揭开面纱，何等光彩照人！月色之美，令人心旷神怡。

下文又接一问：只见到月亮夜晚从海上升起，怎知它清晨又消失在云海间呢？月亮似乎又恢复了渺远和神秘的形象。月出海上而消逝于云间，踪迹实难推求测知，偏能如此循环往复，永不消歇，真让人觉得神秘。

诗人继而又浮想联翩，究及那难以稽考的神话传说：白兔在月宫中捣药，从秋到春，日复一日，那孤单的嫦娥与谁为邻呢？白兔捣药，到底所为者何？碧海青天日夜独处的嫦娥，该是多么寂寞！古代神话传说中有“嫦娥奔月”、“玉兔捣药”的故事。嫦娥是后羿的妻子，据说她偷食了后羿的不死灵药，飞升奔月。李商隐有诗云：“嫦娥应悔偷灵药，碧海青天夜夜心。”嫦娥虽已获得不死之身，但也堕入了万劫不复的寂寞之中。而此时月光明澈，无论天上人间，神仙凡子，皆是万古寂寞。此数句纵横开阖，想落天外，大有天风海雨般开阔旷远的气势。

今人不见古时月，今月曾经照古人。古人今人若流水，共看明月皆如此

今人不曾见过古时的月亮。而今人现在所看到的月亮，却曾经照过古时候的人。古人今人来来去去，如同流水一样，他们所看到的都是这一个明月。

这几句上承关于宇宙的遐想，又继之以人生哲理的探求。人生有限，宇宙无穷。人类在亘古自然面前，实在渺小之至，在永无止境的时间洪流里，更是不足一道。今月古月实为一个，而人则不断消逝。张若虚《春江花月夜》有云："江畔何人初见月，江月何年初照人？人生代代无穷已，江月年年只相似。"与李白诗意庶几相似。"今人不见古时月"，古人又何尝得见今时之月；"今月曾经照古人"，古月也依然朗照今人。此二句用语极具回环往复之美，兼有互文之妙。古人今人如流水一般逝去，然而他们见到的明月则亘古常新。这几句把人生有限，明月长新之意渲染得淋漓尽致。宇宙不朽，日月运行不息，然则人世短暂，朝来夕往，这牵动着一代代人的沉思，徒惹愁绪。

唯愿当歌对酒时，月光长照金樽里

但愿在高歌饮酒之时，月光能够一直照进我们的酒杯里。诗人藉问月、饮酒抒发人生若梦、及时行乐的想法。在此背后，是对人生悲苦无奈的超越，是通过对永恒的短暂把握而实现对个体生命的充分肯定。行文至此，诗情海阔天空地驰骋一番之后，又重新回到诗人手持的酒杯上来，完成了完美的巡礼。正所谓"万事不如杯在手"，读者从回旋的诗意中获得深沉感受。

评解

人云李白之诗擅长"豪中见悲"，此诗的确这样。全诗从酒写到月，从月归到酒；从空间感受写到时间感受。其中将人与月反反复复加以对照，又穿插景物描绘与神话传说，诗人孤高出尘、逸兴横飞的形象，跃然浮现。举杯望月，明月神秘莫测、永恒美好，而人生如此飘忽短暂、转瞬即逝，使人更生如梦如幻的哀愁，此时惟愿杯盏不停，月光常照。虽然意绪多端，随兴挥洒，但脉络贯通，极具回环错综之妙，可谓音情理趣俱佳，故王夫之《唐诗评选》评曰："于古今为创调。"

登金陵凤凰台

凤凰台上凤凰游，
凤去台空江自流。
吴宫花草埋幽径，
晋代衣冠成古丘。
三山半落青天外，
一水中分白鹭洲。
总为浮云能蔽日，
长安不见使人愁。

【题解】

李白是中国诗人中最富激情、最有个性的一个，他的想象如天马行空。李白很少写格律谨严的律诗，似乎不愿受太多的约束。然而，天才毕竟是天才，他的《登金陵凤凰台》一出来，就成了唐代律诗中脍炙人口的杰作。

这首诗写于唐玄宗天宝年间，是李白被迫离开长安、南游金陵（今江苏南京）时所作。也有人认为是作者流放夜郎遇赦返回后所作。从题目可知，这是一首登临眺览之作，在吟咏古迹中，隐寓着伤时的感慨。

登金陵凤凰台 诗意图　于守义 绘

句解

凤凰台上凤凰游，凤去台空江自流

凤凰台上曾有凤凰翔游，而今凤凰去了，台空了，只有长江水兀自不停地东流。

凤凰台，故址在今南京凤台山。相传南朝刘宋元嘉年间，有异鸟翔集山间，时人谓之凤凰，于是起台于山，山和台由此得名。在中国传统文化中，凤凰是百鸟之王，非梧桐不栖，非灵泉不饮，非竹食不吃，集美善于一身，因此凤凰来仪是天下安宁、君有仁德的瑞应。如今，诗人登临其上，那些曾经翔游于此的凤凰早就没有了，只剩下一座空旷落寞的台子。

这两句语虽浅近流畅，但调子绝不轻快，诗人怅然若失，别有所思：那祥瑞之鸟为什么现在没有了呢？他抬眼望去，但见长江无语，不管世道如何变化，兀自不停地东流。

吴宫花草埋幽径，晋代衣冠成古丘

金陵曾是六朝古都，江南繁盛之地。“吴”，指东吴孙氏政权，“晋”，指东晋司马氏政权，都曾建都于此。“衣冠”，冠为礼帽，士大夫衣冠有礼制规定，这里代指士族缙绅。诗人登上凤凰台，只见昔日繁华的吴宫已经荒芜，花草掩没着荒野小径；东晋的名门望族也都烟消云散，空留下一座座古坟荒丘。诗人目睹历史遗迹，心中颇多感慨，世事更迭，朝代兴废，一切都如过眼云烟。

三山半落青天外，一水中分白鹭洲

在触景生情、凭吊历史之后，诗人的思绪回到了眼前，将目光投向自然。只见远处的三山，有半截高耸在青天之外；一道江水，被白鹭洲从中阻隔，一分为二。

“三山”，在金陵西南的长江边上，三峰并列，南北相连，远远望去，山岚水气，若有若无，半隐半现。陆游《入蜀记》载：“三山，自石头（城）及凤凰台望之，杳杳有无中耳，及过其下，则距金陵才五十余里。”白鹭洲，是金陵西长江中的一个小岛，因常有白鹭集聚而得名。秦淮河经金陵，西入长江，因白鹭洲在江心而中分为二。有的版本作“二水中分白鹭洲”。

这两句描绘逼真，状物工细，但境界阔大。从局部看，两句似纯是写景，而从全诗看，已暗为末联作了过渡。因为诗人的目光已经开始转向西北方，那正是唐都城长安所在。

总为浮云能蔽日，长安不见使人愁

总因浮云遮住了太阳，见不到长安，使人忧愁。这两句寄寓着诗人眷念朝廷、关心朝政的深意。李白在玄宗身边呆了不到两年，就遭到权贵幸臣排挤，受到冷遇，最终被迫离开。他一路漫游，饱览山水，但始终关注政治，所谓“身在江湖，心存魏阙”。长安是朝廷的所在，日是帝王的象征。“浮云蔽日”是诗人西北望长安所见，暗喻皇帝被奸邪权小包围，自己报国无门，空有忧愁之心。陆贾《新语 · 慎微篇》曰：“邪臣之蔽贤，犹浮云之障日月也。”早在待诏翰林后期，李白就曾说过类似的话，如“紫阙落日浮云生”，“浮云蔽紫烟，白日难回光”，“直上青天扫浮云”等等。

评解

本诗将登临、览胜、怀古、写景、抒怀统统收摄，糅和在忧国伤时、壮志难酬的情绪内，无论在思想上，还是艺术上，都高出一般的登临览胜之作。

关于这首诗，还有一桩有趣的“诗案”。据说李白早年游黄鹤楼时，曾欲题诗，但当他看到崔颢所题《黄鹤楼》后，竟罢手而去，说：“眼前有景道不得，崔颢题诗在上头”。崔颢诗曰：“昔人已乘黄鹤去，此地空余黄鹤楼。黄鹤一去不复返，白云千载空悠悠。晴川历历汉阳树，芳草萋萋鹦鹉洲。日暮乡关何处是？烟波江上使人愁。”人多认为，李白的《登金陵凤凰台》就是拟此诗格调而作，并欲同崔一较短长。两诗高下，读者各有见解，多认为工力悉敌。清《唐宋诗醇》说：“崔诗直举胸情，气体高浑；白诗寓目山河，别有怀抱，其言皆从心而发，即景而成，意象偶同，胜境各擅。”